DRÔLES DE QUESTIONS pour vivre ensemble

+ de 100 questions !

FLEURUS

SOMMAIRE

CHAPITRE 1 : MOI ET MA FAMILLE

C'est quoi, une fille ? C'est quoi, un garçon ? 6
Pourquoi y a-t-il des filles et des garçons ? 8
Pourquoi ressemble-t-on plus ou moins à ses parents ? 10
Pourquoi y a-t-il des gauchers et des droitiers ? 12
Gaucher, est-ce héréditaire 14
C'est quoi, un gaucher contrarié ? 16
Qui décide que je dois m'appeler Kevin, Jean-Eudes ou Zoé ? 18
Qui décide que je dois obéir à mon père ou à ma mère ? 20
Qui décide où je dois aller vivre en cas de divorce de mes parents ? 21
Pourquoi je n'ai pas le droit de faire tout ce que je veux ? 22
Un handicap, c'est quoi ? 24
Qui est « normal » ? 25
Être intelligent, c'est savoir beaucoup de choses ? 26
Est-ce qu'on peut être intelligent et faire des bêtises ? . . . 27
Pourquoi faut-il se tenir correctement à table ? 28
À quoi ça sert de manger ensemble autour d'une table ? . . . 30
Toutes les familles du monde mangent-elles la même chose ? 32
Peut-on choisir sa religion ? 34
Peut-on ne pas croire en Dieu ? 35
C'est grave si je triche ? 36
Qu'est-ce que ça fait si je mens ? 37

CHAPITRE 2 : À L'ÉCOLE

Les filles sont-elles meilleures à l'école ? 40
Et les garçons meilleurs en sport ? 42
Pourquoi a-t-on décidé de noter les élèves ? 44
Être intelligent, c'est avoir de bonnes notes ? 46
Qui décide que l'école est obligatoire ? 48
Qui décide des programmes scolaires ? 50
Qui décide que j'étudie la préhistoire en CE2 et la Révolution française en CM2 ? 51
Peut-on aller à l'école avec un handicap ? 52
Pourquoi y a-t-il si peu d'enfants handicapés dans mon école ? 54
Pourquoi écrit-on de gauche à droite ? 56
Pourquoi ça me gêne si on copie sur moi ? 58
Pourquoi je vais à l'école certains jours et pas d'autres ? . . . 60
Qui décide de ce que je mange à la cantine ? 62
Qui ne mange pas de porc à la cantine ? 64
Demain, qu'est-ce que je mangerai à la cantine ? 65
Demain, irons-nous encore à l'école ? 66
Pour avoir un métier que j'aime, quelles doivent être mes qualités ? 68
Un métier, c'est pour toute la vie ? 70
Je ne sais pas quel métier faire plus tard, c'est grave ? 72

CHAPITRE 3 : MES DROITS ET MES DEVOIRS

Il y a des règles partout ! À quoi ça sert ? 76
Qui décide des règles qu'on doit respecter ? 78
Qu'est-ce qu'on risque quand on ne respecte pas la loi ? . . . 80
Et si une loi est injuste ? 81
Est-ce que c'est toujours « bien » de respecter les règles ? . . 82
Qui décide si je suis français ou non ? 84
Qui décide que je n'ai pas le droit de voter avant 18 ans ? 85
À quoi ça sert de voter ? 86
Qui décide que je n'ai pas le droit de travailler ? 88
Qu'est-ce que c'est, les droits de l'homme ? 90
Et moi, j'ai des droits ? 92

CHAPITRE 4 : MES COPAINS, MES RÉSEAUX

Peut-on être amis si on n'a pas la même religion ? 96
Demain, mon meilleur copain sera-t-il un robot ? 98
C'est quoi, un réseau social dans la vraie vie ? 100
Et sur Internet, c'est différent ? 101

À quoi ça sert, en fait, les réseaux sociaux ? 102
Quels sont les principaux réseaux sociaux ? 104
Pourquoi faut-il avoir au moins 13 ans pour s'inscrire sur certains réseaux sociaux ? 106
Que peut-il m'arriver sur les réseaux sociaux ? 108
Comment je peux limiter les risques sur les réseaux sociaux ? 110
Pour mon profil, je prends un pseudo ou je crée un avatar ? 112
Comme mot de passe, je choisis le nom de mon chat ? 113
Je peux publier tout ce que je veux sur les réseaux ? 114
Est-ce qu'il faut croire tout ce qu'on me dit sur les réseaux sociaux ? 116
Est-ce que je peux mettre n'importe quelle photo ? 118
Et si je tombe sur des images choquantes ? 119
Est-ce que je peux entrer en contact avec des stars ? 120
C'est facile de se faire des amis sur *Facebook* ? 122
Qu'est-ce que l'on fait sur *Instagram* ? 124
Qu'est-ce que l'on fait sur *Snapchat* ? 125
Comment ça marche *YouTube* ? 126

CHAPITRE 5 : HABITANT DU MONDE

À quoi ça ressemblerait, un monde sans lois ? 130
Certaines sont-elles plus importantes que d'autres ? 131
Qui est riche, qui est pauvre ? 132
Pourquoi paie-t-on des impôts ? 134
D'où vient l'argent, s'il ne tombe pas du ciel ? 136
C'est quoi, un migrant ? 138
Et les réfugiés, ce sont aussi des migrants ? 140
Et les enfants, ils migrent aussi ? 142
Le droit d'asile, à quoi ça sert ? 144
Comment protège-t-on les réfugiés ? 146
Est-ce qu'on doit accueillir tous les migrants ? 148
C'est quoi, une frontière internationale ? 150
C'est quoi, une république ? 152
Qu'est-ce que c'est, une constitution ? 154
C'est quoi, la liberté ? 156
La liberté d'expression, c'est le droit de dire n'importe quoi ? 158
C'est quoi, l'égalité ? 160
C'est quoi, le racisme ? 162
Pour se faire soigner, on est égaux ? 164
Et l'égalité entre les filles et les garçons ? 166

CHAPITRE 6 : CITOYEN DE LA PLANÈTE

Qui décide de l'avenir de la planète ? 170
Et moi, qu'est-ce que je peux faire ? 172
Pourquoi c'est bon pour l'environnement d'adopter des lombrics ? 174
Où va l'eau sale que nous avons utilisée ? 176
Le bio, c'est meilleur ? 178
Faut-il arrêter de manger de la viande ? 180
À quoi ressembleront les villes de demain ? 182
Ma voiture sera-t-elle ta voiture ? 184
Combien serons-nous en 2050 ? 186
Le monde de demain sera-t-il en paix ? 187
Demain, les robots prendront-ils le pouvoir ? 188

CHAPITRE 1

MOI ET MA FAMILLE

C'est quoi, une fille ? C'est quoi, un garçon ?

Normalement, tu dois déjà avoir une petite idée. Les garçons ont un zizi et les filles une zézette : bravo ! Au départ, dans le ventre de la mère, ce n'est pourtant pas si clair : pendant la moitié de la grossesse, filles et garçons ont… **le même sexe** ! Voilà pourquoi les médecins ne peuvent pas annoncer tout de suite aux futurs parents le sexe du bébé ! Dans les premières semaines, filles et garçons ont exactement le même corps : une tête, deux bras, deux jambes et, entre les deux, une petite boule appelée « bourgeon ». Les filles sont pourtant déjà des filles, et les garçons des garçons. C'est **inscrit dans leurs gènes** sous la forme d'un code : XX pour les filles, XY pour les garçons.

On ne naît pas femme, on le devient.

Simone de Beauvoir

À l'origine, un zizi est… un oiseau ! Il doit son nom à son chant très particulier : *Zizizizit.* Pas étonnant que certains surnomment le pénis le « petit oiseau » !

Le sais-tu ?

Parfois, la nature joue des tours : elle ne fait pas clairement évoluer le sexe du fœtus en pénis ou en vagin. Le bébé naît avec les deux sexes : on parle d'hermaphrodisme. Dans ses gènes, il est quand même fille ou garçon : il faut attendre de le savoir avant de l'opérer. Il arrive aussi que la nature se trompe : certains garçons naissent dans un corps de fille et certaines filles dans un corps de garçon… On parle alors de transgenre.

Info +

La testostérone n'est pas une hormone réservée aux garçons : les filles en ont aussi, mais en plus petite quantité. Quand elles en ont trop, des poils apparaissent sur leurs joues. À l'inverse, les garçons qui ont trop d'œstrogènes ont les seins qui poussent. Tout ça se soigne facilement aujourd'hui.

Vers le troisième mois de grossesse – miracle ! –, une **hormone** active le code des garçons : la **testostérone**. Tu en as peut-être déjà entendu parler : c'est aussi elle qui, plus tard, fait pousser leur barbe, leurs muscles et leur pomme d'Adam. Grâce à elle, le bourgeon des garçons s'allonge pour devenir un pénis. Pendant ce temps-là, celui des filles poursuit son développement « normal » et se transforme en vagin. Avant l'entrée en jeu des hormones, tous les embryons humains sont donc des filles ! L'hormone des filles, appelée **œstrogène**, se réveillera plus tard : c'est elle qui fera pousser leurs seins, déclenchera leurs règles et les transformera en femmes. En attendant, hormis ce petit détail entre les jambes, il n'existe aucune différence entre le corps d'une fille et celui d'un garçon, sauf au niveau de la vessie : celle des filles est plus petite, voilà pourquoi elles ont plus souvent envie de faire pipi !

Pourquoi y a-t-il des garçons et des filles ?

Parce qu'ils ne peuvent pas se passer l'un de l'autre : c'est beau, l'amour ! Sauf qu'il n'y a rien de romantique dans cette phrase. Comme les animaux, les humains ont besoin de mâles et de femelles pour se reproduire : impossible de faire autrement. La médecine peut parfois aider, comme avec la fécondation *in vitro* (FIV). Mais, même dans une éprouvette, il faut toujours le spermatozoïde d'un garçon et l'ovule d'une fille pour fabriquer un bébé. En fait, c'est purement **mathématique**. Tu te souviens des codes XX et XY qui font que les filles sont des filles et les garçons des garçons ? Chaque code est composé de deux **chromosomes** : celui de la mère et celui du père.

Le chromosome Y est le plus petit chromosome humain : il ne contient qu'une centaine de gènes, dix fois moins que le chromosome X !

L'identité sexuelle (le fait d'être une fille ou un garçon) est déterminée par tes gènes, dès ta naissance. Mais la préférence sexuelle (le fait d'aimer les filles ou les garçons) n'est pas décidée à l'avance : on peut devenir hétérosexuel (si on aime l'autre sexe) ou homosexuel (si on aime le même sexe).

Le sais-tu ?

C'est chou !
Les garçons ne naissent pas dans les choux, pas plus que les filles ne naissent dans les roses ! Cette légende remonte à l'Antiquité : avant de partir à la guerre, le roi Agamemnon aurait enveloppé ses filles dans des pétales de roses et son fils dans une feuille de chou, faute de couches !

Maintenant, réfléchis… Les mères sont des filles (XX) : elles ne transmettent donc à leur bébé qu'un chromosome X. Les garçons, eux, peuvent transmettre le chromosome X ou Y, au choix. Techniquement, les garçons sont donc les seuls à pouvoir fabriquer des garçons. Mais c'est le hasard qui décide : personne n'a jamais trouvé la recette magique permettant de choisir le sexe du bébé ! Les filles, elles, sont les seules à pouvoir porter des bébés. Elles ont donc besoin des garçons pour fabriquer des garçons, et les garçons ont besoin des filles pour porter les bébés : ils sont **complémentaires**.
Mais pourquoi se reproduire ? Chez les animaux, c'est très clair : la **survie de l'espèce** en dépend. Chez les humains aussi. Mais comme ce n'est pas très glamour, ils ont inventé une autre raison de faire des bébés : l'amour !

Info +

Les grenouilles, les tortues et certains mollusques changent de sexe au cours de leur vie en fonction des besoins : pratique ! Les escargots et les vers de terre, eux, ont carrément les deux sexes : ils s'accouplent avec n'importe quel partenaire, mâle ou femelle !

Pourquoi ressemble-t-on plus ou moins à ses parents ?

Ton corps est composé de **milliards de cellules microscopiques**, à l'intérieur desquelles se trouve ton ADN.
L'ADN, c'est une sorte de code-barres contenant toutes les informations sur toi, tout ce qui fait de toi un être humain différent des autres. **La moitié de ton ADN provient de ton père, l'autre moitié de ta mère**. Il est réparti en des milliers de **gènes** (25 000 dans chaque cellule), qui jouent chacun un rôle différent.

Info +

Les gènes ne sont pas responsables de tout ! La preuve, des scientifiques ont découvert que les enfants adoptés ressemblaient de plus en plus à leurs parents adoptifs au fil des années. Ils imitent leurs expressions, leur façon de se tenir... comme le font tous les enfants.

Comme tes parents t'ont transmis leurs gènes **complètement au hasard** et qu'ils les ont hérités de leurs propres parents (tes grands-parents !), tous les cas sont possibles à la loterie de l'hérédité ! Tu peux être grand comme ton père, avoir les cheveux bouclés de ta mère, les taches de rousseur de ta grand-mère ou encore les yeux bleus de ton grand-père... Mais ton apparence ne dépend pas seulement de tes gènes. Si la forme du nez, les pommettes, la couleur des yeux ou celle des cheveux se transmettent très bien de génération en génération, les scientifiques ne savent pas vraiment ce qui donne un visage plus ou moins rond ou un front plus ou moins plat... Enfin, ton **mode de vie** a aussi son importance. Ta taille, par exemple, dépend de tes gènes mais également de ton état de santé ou de ton alimentation.

Le sais-tu ?

Si les vrais jumeaux se ressemblent comme deux gouttes d'eau, c'est parce qu'ils ont le même patrimoine génétique. Tous deux viennent du même embryon, formé après la réunion d'un spermatozoïde et d'un ovule. Mais cet embryon s'est ensuite partagé en deux moitiés identiques, qui ont chacune évolué séparément. Les faux jumeaux, eux, proviennent d'ovules et de spermatozoïdes différents, alors ils ne se ressemblent pas plus que n'importe quels frères et sœurs !

Pourquoi y a-t-il des gauchers et des droitiers ?

Imagine une seconde qu'il y ait, juste devant toi, une grosse, une énorme part de gâteau au chocolat. De **quelle main** l'attraper : gauche ? droite ? droite ? gauche ? Si tu n'étais ni droitier ni gaucher, tu hésiterais pendant des heures, des jours, des semaines... et tu serais mort de faim ! Chez l'homme, il faut donc qu'une main domine sans qu'on ait besoin de réfléchir : c'est ce qu'on appelle la **latéralité**. Gauche ou droite, peu importe : la seule chose qui change, c'est le **côté du cerveau** qui travaille. Comme le corps humain est un grand mystère, c'est le côté gauche (l'hémisphère gauche) qui commande la main droite et le côté droit (l'hémisphère droit) qui commande la main gauche. Les gauchers n'ont donc pas le cerveau à l'envers : ils l'utilisent différemment !

TEST

Pour connaître ton œil directeur, il suffit de montrer du doigt un objet au loin, de la main gauche ou droite, peu importe. De l'autre main, cache d'abord ton œil gauche, puis ton œil droit. L'objet ne se trouve soudain plus en face de ton doigt ? C'est que l'œil caché est ton œil directeur ! Mais attention, ce n'est pas forcément celui qui voit le mieux !

« Nous sommes droitiers de la main parce que nous sommes gauchers du cerveau. »

Paul Broca, médecin spécialiste des gauchers

Le sais-tu ?

Les narines sont les seules parties du corps qui ne fonctionnent pas de manière « croisée » : la narine gauche est directement reliée à l'hémisphère gauche et la narine droite à l'hémisphère droit. Le chemin est plus rapide : voilà pourquoi nous sentons avant de voir et d'entendre !

Mais il n'y a pas que manger qui compte dans la vie ! L'homme est aussi conçu pour bouger, voir, sentir, entendre… Comme les mains, les pieds, les yeux, les narines et les oreilles fonctionnent **par paire**, il faut donc qu'un pied domine pour avancer, qu'un œil domine pour voir, etc. Généralement, les gauchers sont gauchers de l'œil, du pied, du nez… Mais on peut aussi être gaucher et droitier de l'œil, ou droitier et gaucher du nez : tout existe !

Ce qui est sûr, c'est que personne n'est parfaitement symétrique. Et c'est parfois très utile de le savoir. En sport, par exemple, mieux vaut connaître ton **œil directeur** si tu fais du tir à l'arc et ton **pied d'appel** si tu fais du saut en hauteur, du surf ou du football. Les secrétaires, elles, connaissent toutes leur oreille dominante : c'est celle avec laquelle elles écoutent au téléphone !

Gaucher, est-ce héréditaire ?

Bonne question : les scientifiques se la posent depuis des années... et n'ont toujours pas trouvé la réponse ! Ce qui est sûr, c'est qu'il existe des **familles de gauchers**. Deux parents gauchers ont beaucoup plus de chances d'avoir un enfant gaucher (une chance sur deux) que lorsqu'un seul des parents est gaucher (une chance sur six) ou que les deux parents sont droitiers (une chance sur vingt). La preuve que la gaucherie se transmet... mais pas à tous les coups ! Ce n'est donc pas un gène *Gaucher* qui fabrique les gauchers. Gênant !

Tout ce que les scientifiques ont trouvé, c'est un **gène** capable de semer la zizanie entre la gauche et la droite au moment de la fabrication des bébés : le **PCSK6**. En fait, c'est un peu comme si ce gène « **déprogrammait** » le cerveau du bébé pour qu'il ne devienne plus droitier. L'hémisphère gauche (qui commande la main droite) ne se développera pas avant l'hémisphère droit. Mais rien ne dit que le bébé deviendra forcément gaucher ; c'est le hasard qui décide : une chance sur deux !

Le sais-tu ?

Les « vrais » jumeaux, ceux qui se ressemblent comme deux gouttes d'eau, ont quasiment toujours au moins une différence : l'un est gaucher et l'autre droitier ! La preuve que ce n'est pas qu'une question de gène : ils ont exactement les mêmes. Simplement, pendant que l'un a le côté gauche collé contre sa mère et développe son côté droit, c'est l'inverse pour l'autre !

Deux parents gauchers ont une chance sur deux d'avoir un enfant gaucher.

Un gène est un morceau de chromosome qui contient le message codé qu'ont transmis tes parents à tes cellules pour te fabriquer : yeux verts, cheveux raides, taches de rousseur...

D'autres études ont montré que ce petit farceur de gène PCSK6 était lié à une hormone appelée **testostérone**. Tu en as déjà entendu parler, c'est l'hormone qui fait que les garçons (qui en ont plus) sont des garçons et que les filles (qui en ont moins) sont des filles. C'est lorsqu'il y a plus de testostérone qu'il déraille : pas étonnant alors que la plupart des gauchers soient des garçons !

C'est quoi, un gaucher contrarié ?

C'est un gaucher qui est devenu le **contraire** de ce qu'il est, c'est-à-dire un droitier. Et il n'a pas eu le choix ! Quand la mode des droitiers a commencé, les gauchers sont devenus des gens « bizarres », mais ils pouvaient encore survivre. À la fin du 19e siècle, avec **l'industrialisation**, c'est une autre histoire : les usines se sont mises à fabriquer des objets en série, adaptés au plus grand nombre. Et devine qui est « le plus grand nombre » ? Les droitiers, bien sûr ! **Fini les outils sur-mesure** : les gauchers paysans ont dû apprendre à faucher les champs avec des faux de droitiers, les gauchers mécaniciens à serrer des boulons avec des clés à molette de droitiers, les gauchers couturiers à coudre avec des machines de droitiers, etc. Certains gauchers se sont ainsi forcés à devenir droitiers pour ne pas perdre leur travail : ce sont les premiers gauchers contrariés.

Le sais-tu ?

La Première Guerre mondiale a eu au moins un avantage : elle a permis de faire accepter un peu mieux les gauchers. Beaucoup de soldats sont revenus blessés du front, certains avaient même perdu l'usage de leur main droite. Ils ont donc appris à se servir de leur main gauche, et personne n'aurait osé les critiquer.

Puis il y a eu **l'école**. Exactement comme dans les usines, les professeurs ont inventé une méthode pour apprendre à lire et à écrire au plus grand nombre : de **gauche à droite**. Beaucoup de gauchers sont devenus dyslexiques ou se sont mis à bégayer : normal, leur cerveau de gaucher (avec l'hémisphère droit dominant) devait se comporter comme un cerveau de droitier. Mais plutôt que de tenir compte de ces bugs, **les instituteurs les ont punis** pour qu'ils deviennent de vrais droitiers : au temps de tes grands-parents, on leur frappait sur les doigts avec une règle ; au temps de tes arrière-grands-parents, on leur attachait la main dans le dos ! Certains ont quand même continué à utiliser leur main gauche, mais d'autres ont préféré changer toutes leurs habitudes. Bizarrement, il existe très peu de droitiers contrariés...

Une personne qui souffre de dyslexie est une personne qui a des difficultés pour lire et écrire. Elle inverse deux lettres qui se suivent, ou confond les lettres qui s'écrivent en miroir comme « b » et « d », « p » et « q »... Normal : le « b » devient un « d » quand on le lit de droite à gauche, le vrai sens des gauchers !

Qui décide que je dois m'appeler Kevin, Jean-Eudes ou Zoé ?

Ce sont tes parents. Et si tu n'es pas content, tu ne peux te plaindre qu'à eux, car ils avaient un choix incroyable : en plus de tous les prénoms des calendriers français ou étrangers, ils pouvaient même… t'en inventer un ! En réalité, la seule chose interdite en France est de donner un prénom qui peut gêner ou ridiculiser l'enfant. Par exemple, si monsieur et madame Boudin ont un fils, ils n'auront pas le droit de le prénommer Kaka ! Et si les parents ne font pas d'autres propositions, c'est un juge qui choisira un nouveau prénom pour l'enfant.

Le sais-tu ?

Interdits !
Chaque année, des dizaines de prénoms farfelus comme Joyeux, Patriste, ou même Titeuf sont refusés par la justice, car « contraires à l'intérêt de l'enfant ». Parfois, les décisions sont plus discutables. En 2015, le tribunal de Valenciennes n'a pas accepté le prénom Nutella, ce qui semble logique, mais aussi celui de Fraise, ce qui l'est moins. On a donc le droit d'appeler sa fille Prune, Amandine ou Clémentine, mais pas Fraise !

Le sais-tu ?

Je n'ai qu'un prénom et mon copain en a trois, c'est normal ?
Le nombre de prénoms n'est pas fixé par la loi. On peut en donner un ou… cinquante. Mais bon, il sera un peu compliqué par la suite de les faire inscrire sur la carte d'identité ou le passeport.

On garde son nom de famille toute sa vie ?

C'est dans la majorité des cas ce qui se passe. Mais si ton nom est « difficile » ou très gênant, comme Quichemolle ou Bouboule, tu pourras demander à en changer à 18 ans. Il y a aussi de nombreuses personnes d'origine étrangère qui veulent « franciser » leur nom pour faciliter leur intégration. Dans ce cas, la famille Kopaszewski devient la famille Kopa, ou madame Vincenzi se transforme en madame Vincent.

Qui décide que je dois obéir à mon père ou à ma mère ?

La loi française est très claire : si ton papa et ta maman sont mariés, et même s'ils ont divorcé à ta naissance, ils se partagent l'autorité parentale. S'ils vivent ensemble sans être mariés, c'est pareil. Tu dois donc obéir aux deux, exactement de la même manière. C'est ton devoir, et ce, au moins jusqu'à ta majorité ! Mais ils en ont aussi un : ils doivent veiller sur toi, sur ta santé, ton éducation, tes besoins, ta sécurité. Tu as donc tout à gagner à être obéissant, car de bons parents agiront toujours pour ton bien. Malheureusement, il y a parfois de gros problèmes dans une famille. Dès que l'on estime que tu es en danger, parce que tu subis de mauvais traitements par exemple, un juge peut retirer, de manière provisoire, l'autorité parentale à l'un des deux parents, ou aux deux.

Qui décide où je dois aller vivre en cas de divorce de mes parents ?

Cela dépend d'abord et surtout de tes parents. Car quand ils se mettent d'accord, c'est bien plus simple. Tu peux vivre, par exemple, pendant la semaine chez ta maman, et passer un week-end sur deux et la moitié des vacances avec ton papa. La plupart des enfants habitent avec leur mère, mais l'inverse existe aussi. Tu peux aussi aller une semaine chez l'un et une semaine chez l'autre, à tour de rôle : c'est la garde alternée. Toutes les formules sont possibles mais, dans tous les cas, un juge devra donner son accord à la fin de la discussion. En général, il accepte l'arrangement trouvé par tes parents, s'il estime que c'est une bonne solution pour toi. Si tes parents n'arrivent pas à s'entendre, le juge décidera tout seul en fonction de tes intérêts. Tu peux même le rencontrer pour lui expliquer ce qui te semble le mieux pour toi, lui parler de tes envies et de tes besoins.

Pourquoi je n'ai pas le droit de faire tout ce que je veux ?

Tu ne comprends pas pourquoi tes parents refusent de te laisser passer des heures sur ton ordinateur, de te coucher à l'heure que tu souhaites ou de manger huit fois par semaine au fast-food ? Ouh, les méchants ! En gros, tu ne comprends pas pourquoi tu ne peux pas décider tout seul de ta vie ? Il y a pourtant une bonne raison à cela : tes parents veulent simplement te protéger de **deux dangers principaux**.

Le premier est celui de prendre des risques inutiles pour ta santé, ta sécurité et ton équilibre. Si tu regardes la télévision toute la nuit, tu ne seras pas très frais pour écouter les cours à l'école, et tu pourrais avoir des difficultés pour la suite de ta scolarité… Si tu manges des hamburgers par dizaines, tu mets ta santé en danger, et tes parents ont raison de te mettre en garde. Ils te protègent.

« La liberté consiste à pouvoir faire tout ce qui ne nuit pas à autrui. »

(Déclaration des droits de l'homme de 1789)

Le deuxième danger est celui de manquer de respect aux autres. Si tu penses que tu as tous les droits, si tu ne viens pas, par exemple, aux rendez-vous fixés avec tes copains, si tu empruntes les affaires des autres sans leur demander la permission, alors tu prends le risque de te retrouver bientôt tout seul.

Quand tu décides, juste parce que cela te fait plaisir, de jouer de la trompette toute la nuit, ou de faire du tennis dans ton appartement, tu empiètes sur la liberté de ton voisin, qui veut dormir tranquillement. Et ceux qui pensent être libres en conduisant sans permis ou après avoir trop bu sont encore bien plus dangereux, car ils risquent la vie de beaucoup de monde. C'est pour cela qu'il existe des lois : elles définissent la liberté de chacun, afin que chacun puisse vivre **SA liberté**.
Il faut juste que tes parents te laissent respirer. Un peu de liberté, cela ne fait pas de mal. Mais il faut savoir ne pas dépasser les limites !

Un handicap, c'est quoi ?

Le mot *handicap* a une longue histoire qui commence… avec un jeu ! Il y a plusieurs siècles, il existait en Angleterre un **jeu de société nommé *hand in cap*** : la main (*hand*) dans (*in*) le chapeau (*cap*). On s'amusait à échanger de petits objets personnels de valeur modeste, piochés au hasard dans un chapeau. Plus tard, le terme « handicap » est utilisé pour les courses hippiques : par exemple, les chevaux les plus légers se voient imposer une charge supplémentaire dans les courses de plat, pour que tous aient les mêmes chances de gagner. À partir des années 1960, le mot « handicap » sert aussi à désigner **des personnes désavantagées par un problème physique ou psychique**. Et sais-tu pourquoi il vaut mieux dire « une personne en situation de handicap » ou « personne handicapée » plutôt que « un handicapé » ? Si quelqu'un a un handicap, celui-ci ne le définit pas en entier : cette personne est d'abord une fille ou un garçon, blond, brun ou roux, bavard ou timide… Le handicap n'est qu'un aspect d'elle-même. C'est la prise en compte du handicap par la société qui amplifie ou diminue son impact. Ainsi, si tu es sourd mais que tu portes un appareil auditif, ton handicap en est estompé.

En anglais, « handicap » se dit *handicap* ou *disability*. Et une « personne en situation de handicap », c'est *a disabled person*.

Qui est « normal » ?

Il est **difficile de définir l'idée de normalité**. Et pour cause : chacun la voit de sa fenêtre ! À quoi pourrait-on reconnaître que l'on est « normal » ? Tu peux te dire que ton corps fonctionne, que ton cerveau fait son travail... Ce serait donc une question physique. Mais alors, si tu boitais un peu, si tu entendais mal d'une oreille, serais-tu encore « normal » ? Envisageons la question autrement. « Être normal » pourrait signifier « être dans la moyenne », ni trop grand ni trop petit, par exemple. La question se poserait alors surtout par comparaison avec les autres : il s'agirait de **la façon dont tu t'adaptes à la société dans laquelle tu vis**, et de la bienveillance que cette société a pour toi. Par exemple, si tu vivais chez des géants, ils ne te considéreraient sans doute pas comme « normal ». Et toi, tu devrais faire de l'escalade pour ouvrir la porte de leur maison ! En fait, **la normalité n'existe pas**. Nous sommes tous différents, avec des points forts et des points faibles, que l'on ait un handicap ou pas. Le handicap, c'est la reconnaissance d'une difficulté ; et cette difficulté doit être compensée par des aides matérielles et humaines, pour rendre possible la vie de tous dans de bonnes conditions.

Être intelligent, c'est savoir beaucoup de choses ?

Avant une interro, tes parents te demandent peut-être si tu sais ta leçon. La question est trompeuse, car **savoir et comprendre** sont des choses différentes : on peut savoir une poésie par cœur, sans comprendre l'histoire qu'elle raconte. Bien sûr, la **mémoire** et les **connaissances** sont des outils au service de l'intelligence. En s'appuyant sur ce que l'on a **appris**, on peut aller plus loin : par exemple savoir lire te permet de comprendre la règle d'un nouveau jeu, et tes connaissances en géométrie t'aident quand tu apprends à monter une maquette. Malgré tout, une personne peu **instruite** (qui a peu de connaissances) peut avoir de grandes capacités de **raisonnement** et de **logique** : être cultivé et être intelligent, ce n'est pas la même chose.

Le sais-tu ?

L'intelligence, c'est aussi parfois remettre en cause ce que l'on croit savoir. Ainsi pendant longtemps, on a été persuadé que le Soleil tournait autour de la Terre… jusqu'à ce qu'on prouve le contraire !

Est-ce qu'on peut être intelligent et faire des bêtises ?

Les **bêtises** ne sont pas toujours **bêtes** ! Bien sûr, on fait parfois une bêtise parce qu'on ne réfléchit pas, qu'une envie est trop forte, ou encore sous le coup de la colère... Mais les erreurs sont normales quand on **apprend**, et certaines bêtises sont inévitables quand on grandit. L'essentiel est d'éviter de se mettre en danger, de mettre en danger les autres : c'est aussi pour ça que les parents veillent sur leurs enfants. Si cela t'agace parfois que tes parents t'imposent des règles et te surveillent, ne va pas croire qu'ils ne font pas **confiance à ton intelligence** ! Car être intelligent ne veut pas dire qu'on ne se trompe jamais. Par contre, cela nous permet d'**apprendre grâce à nos erreurs et à nos bêtises**.

Le sais-tu ?

Ça existe, l'« âge de raison » ?

Les psychologues expliquent que c'est vers l'âge de 7 ans qu'on commence à identifier les notions de bien et de mal, et qu'on devient capable de raisonner sur le monde qui nous entoure.

Pourquoi faut-il se tenir correctement à table ?

Se tenir correctement à table est l'une des règles de notre société. C'est ce qu'on appelle **la politesse ou le savoir-vivre.** En France, cela signifie rester bien droit lorsque tu manges, ne pas parler la bouche pleine, ne pas manger avec les doigts, ne pas poser tes coudes sur la table, ne pas faire trop de bruit, ne pas mâcher la bouche ouverte, mettre tes deux mains sur la table, attendre que tout le monde soit à table et servi pour commencer le repas...

Apprendre et appliquer ces règles à ton âge te permettra de **vivre en harmonie avec les autres.** Cela te servira plus tard, à l'âge adulte, lorsque tu seras convié à un repas professionnel ou... amoureux !

En effet, les habitudes que l'on acquiert dans son enfance restent toute la vie. Se tenir correctement à table implique aussi de manger dans le calme et lentement. Cela facilite la digestion et aide à ressentir la sensation de satiété à temps. Pour bien digérer, il est nécessaire de manger assis et bien droit, avec les pieds posés à plat sur le sol, sans te voûter le dos, car cela comprime tes organes.

Le sais-tu ?

Un repas doit durer au moins 20 minutes. C'est le temps nécessaire au neurotransmetteur (appelé l'histamine), sécrété lors de la mastication des aliments, pour arriver jusqu'à ton cerveau (à l'hypothalamus) et lui transmettre le message d'arrêter de manger. La sensation de satiété survient donc 20 minutes après la première bouchée. C'est pourquoi il est très important de bien mastiquer et de manger lentement.

MiAM
BURP
SLURP
SCROUNTCH
PROUT

À quoi ça sert de manger ensemble autour d'une table ?

Le repas pris en compagnie de tes proches est important, car c'est avant tout un **moment de partage**. Pas toujours facile d'être tous disponibles en même temps pour prendre les repas de la journée : le matin, on est pressé ; à midi, on déjeune à l'extérieur... C'est pourquoi, pour beaucoup, les dîners en semaine ou les déjeuners du week-end sont sacrés : **un moment de retrouvailles et de convivialité**, où chacun raconte sa journée, parle de ses projets, de ses sentiments. Plus qu'un repas, c'est un véritable échange, une façon aussi de décompresser d'une journée ou d'une semaine bien remplie en se retrouvant autour d'une table.
Dans notre société où les nouvelles technologies (téléphone portable, télévision, réseaux sociaux...) ont tendance à couper des vraies discussions, **le repas partagé en famille ou entre amis est plus que nécessaire à notre équilibre** ! Prendre un repas seul ou devant ton écran est un moment de solitude. La qualité des repas s'en fait souvent ressentir : repas mal équilibrés ou préparés à la va-vite, avalés debout ou sur le canapé. Partager un repas familial permet aussi une surveillance bienveillante des apports alimentaires de chacun.

Un repas pris tous ensemble autour d'une table permet une alimentation plus saine et plus variée.

Selon certaines études, **les enfants qui ont l'habitude de manger régulièrement un vrai repas en compagnie de leurs proches sont moins touchés par le surpoids et l'obésité**. En effet, c'est à table que l'éducation alimentaire se transmet. Et puis, le repas familial évite la solitude ou les sentiments refoulés, qui peuvent avoir un impact négatif sur le comportement alimentaire (la boulimie, l'anorexie, les compulsions alimentaires...).
Alors, même s'il faut répéter « à table ! » au moins dix fois avant que tout le monde ne soit réuni, le repas familial est bien plus qu'un moment où on se nourrit : il renforce la cellule familiale et le sentiment de protection entre les membres de la famille.

Toutes les familles du monde mangent-elles la même chose ?

Chaque continent, chaque pays et même chaque région ont **des habitudes alimentaires différentes**. Et c'est une vraie richesse et une façon de s'ouvrir aux autres que de pouvoir goûter aux spécialités culinaires du monde entier ! Outre les spécialités culinaires nationales et régionales, les habitudes alimentaires des familles dépendent aussi du budget consacré à l'alimentation, et plus particulièrement du niveau de richesse de leur pays. Les aliments industriels, les plats cuisinés et les boissons sucrées sont consommés dans les pays riches (essentiellement les pays d'Europe, d'Amérique du Nord, le Japon et l'Australie). Les pays plus pauvres, principalement situés en Afrique, en Amérique du Sud et en Asie, consomment davantage de produits bruts et simples, comme les céréales, les fruits et les légumes frais.

Les graisses saturées sont principalement présentes dans les produits d'origine animale, comme le beurre, le fromage, la crème, les viandes, la charcuterie, et dans certaines huiles végétales comme l'huile de palme. On les retrouve aussi dans les aliments industriels et transformés. Appelées « mauvaises graisses », elles sont responsables de l'augmentation du « mauvais » cholestérol dans le sang.

Le sais-tu ?

Quelques spécialités culinaires selon les pays : les moules-frites en Belgique, la paella en Espagne, l'attiéké en Côte d'Ivoire, le hamburger aux États-Unis, le « fish and chips » en Angleterre, le koshari en Égypte, les sushis au Japon, la pizza en Italie, le githeri au Kenya, les böreks en Turquie, le poulet tandoori en Inde, la poutine au Canada, la feijoada au Brésil, le couscous en Algérie, le canard laqué en Chine, la blanquette de veau en France...

Autre différence entre les habitudes alimentaires des familles du monde : **la variété** ! Les pays riches ont un choix gigantesque de produits alimentaires. On y trouve souvent des dizaines et des dizaines de sortes de biscuits, yaourts, sucreries, fromages, plats surgelés... C'est d'ailleurs en partie pour cette raison que, dans les pays avec un niveau de vie plus élevé, les familles consomment généralement des repas plus caloriques et plus riches en graisses saturées. Cela entraîne surpoids et obésité, les grands fléaux des pays riches.

Peut-on choisir sa religion ?

Quand tu es petit, **le milieu dans lequel tu es élevé détermine souvent ta religion**. Un enfant né dans une famille de culture catholique sera baptisé dans bien des cas. Et si la famille est croyante, il suivra entre 7 et 12 ans l'enseignement des doctrines chrétiennes (le catéchisme). Un jeune musulman reçoit souvent un premier enseignement de l'islam de la part de sa famille, notamment l'apprentissage de l'arabe classique pour pouvoir lire le Coran. Dans plusieurs pays, les enfants vont dans des écoles coraniques où ils apprennent par cœur le Coran. En France, les enfants musulmans vont à l'école avec les autres enfants. Quand tu grandis, la religion ne se présente plus forcément comme quelque chose d'évident. Dans ce cas, **parles-en avec d'autres**, par exemple avec tes parents. Dans certains pays, notamment ceux où existe une religion d'État, il est mal vu de ne pas appartenir à la religion dominante, et les communautés religieuses minoritaires peuvent être victimes de mauvais traitements.

Le sais-tu ?

Une secte, c'est une religion ?
À l'origine, une secte était simplement une Église qui comptait peu de fidèles, comme l'Église chrétienne à ses débuts. Aujourd'hui, ce mot désigne une organisation qui prétend être une religion mais qui, en fait, est dirigée par des personnes cherchant à attirer des gens pour les abuser. En France, le rapport parlementaire annuel « Info sectes » publie une liste des sectes reconnues dangereuses. Certaines comptent moins de 50 personnes, d'autres plusieurs milliers.

Peut-on ne pas croire en Dieu ?

Au Moyen Âge, en Europe, on est forcément chrétien, à l'exception de minorités comme les juifs regroupés dans des ghettos (des quartiers où ils sont enfermés). À partir de la Renaissance, il y a un désaccord entre l'Église et la science, qui remet en cause le fait que la Terre serait le centre du monde. Des savants comme Copernic et Galilée osent poser ouvertement des questions, malgré le risque de finir sur le bûcher : Et si le monde n'avait pas été créé en sept jours, comme le dit la Bible ? Et si la Terre tournait autour du Soleil ? De nos jours, **des personnes se déclarent athées** : elles ne croient pas en l'existence de Dieu (ou de dieux). Elles le disent librement dans certains pays mais, dans d'autres, c'est dangereux. Ainsi l'Arabie saoudite, où l'islam est une religion d'État, a adopté en 2014 des lois contre les athées : ils risquent des peines de prison et des coups de fouet. En Indonésie, on est obligé d'appartenir à une religion. **D'autres personnes s'interrogent sur l'existence de Dieu** : on dit qu'elles sont agnostiques. Elles pensent que s'il existe, l'humain ne peut pas comprendre ce qu'est Dieu.

« La science sans la religion est boiteuse, la religion sans la science est aveugle. »

Albert Einstein, physicien (1879-1955)

C'est grave si je triche ?

Si tu demandes à des adultes s'ils ont déjà triché quand ils étaient enfants, ils te confieront sûrement que ça leur est arrivé, et qu'on a tous fait des bêtises. Tricher pourrait donc sembler assez **banal**. Pourtant, celui qui triche est souvent montré du doigt comme ayant fait quelque chose de vraiment **grave**. Alors comment savoir ? Faisons un petit sondage : *Madame Rigueur* va te dire que c'est toujours grave de tricher, car il est important de respecter les règles, quelles qu'elles soient. *Monsieur Parfois* va nuancer, en suggérant qu'il y a peut-être différents niveaux de gravité : tricher au jeu des *7 familles* ou enfreindre la loi, ce n'est pas pareil ! *Monsieur Ça dépend* va ajouter qu'à son avis, c'est grave de tricher quand ça fait du mal à quelqu'un d'autre, et qu'il faut regarder les conséquences. *Madame Doute* va se demander : quelquefois, tricher, ça peut être pour une bonne raison, non ? Comme tu le vois, il n'y a pas de réponse toute faite ! T'interroger sur le sens des règles, les apparences, la responsabilité de chacun va te permettre de développer **ton propre jugement** selon les situations.

Qu'est-ce que ça fait si je mens ?

Parfois, tu **inventes** des histoires, tu fais travailler ton imagination... Mais cela t'arrive peut-être aussi de **mentir**, par exemple pour éviter une punition ? Est-ce alors toujours sans **conséquence** ?

Déguiser la réalité peut être **risqué**. Par exemple, un médecin qui soigne un enfant **a besoin de savoir** qu'il est malade parce qu'il a mangé tous les bonbons du placard ! Et comment vas-tu te sentir avec un copain qui t'a menti plusieurs fois ? Mentir peut **entamer la confiance** qui permet des relations solides entre les gens.

À l'inverse, tu as peut-être déjà eu le sentiment de mentir **pour une bonne cause**, pour ne pas faire de peine à quelqu'un, ou **encore pour te protéger** de quelqu'un de malfaisant ? Là encore chaque situation est unique : ta **conscience** et ta **raison** peuvent t'aider à prendre tes décisions.

Le sais-tu ?

La fable du « garçon qui criait au loup » raconte l'histoire d'un jeune berger qui, pour se moquer, appelait chaque jour les villageois au secours en prétendant qu'il avait vu un loup. Le jour où le loup est vraiment venu, plus personne ne le croyait, et son troupeau s'est fait dévorer !

16
CM2
CM2
CM1
CM1
CE2
CE2
CE1
CE1
CP
CP

CHAPITRE 2

À L'ÉCOLE

Les filles sont-elles meilleures à l'école ?

Pendant longtemps, ce ne fut pas le cas : les filles n'allaient pas à l'école ! Mais elles étaient les meilleures en couture, reprisage de chaussettes, épluchage de pommes de terre. Logique, leur avenir était tout tracé : elles devaient devenir des épouses ou des mères. De toute façon, l'école coûtait très cher, et les parents préféraient dépenser leur argent pour instruire les garçons. Il fallut attendre 1881 pour que **l'école devienne gratuite et obligatoire** pour tous, filles et garçons, de 6 à 13 ans. Merci **Jules Ferry** ! Les filles ont longtemps eu des programmes « de filles » : couture, tricot, broderie... Pas de quoi se présenter au baccalauréat ou faire des études supérieures. Mais elles se sont bien rattrapées depuis. Aujourd'hui, elles ont de **meilleures notes** que les garçons, redoublent deux fois moins, sont plus nombreuses à décrocher des diplômes et à faire des études supérieures. Normal, elles passent aussi plus de temps à étudier : en moyenne, une heure de plus par semaine que les garçons !

Le sais-tu ?

Des études montrent que les filles sont meilleures en français et les garçons en maths. Mais elles prouvent aussi que la « bosse des maths » n'existe pas : filles et garçons ont le même cerveau. Mais les filles doutent plus que les garçons. Or, en mathématiques, il ne faut pas douter !

Fainéants, les garçons ? Pas vraiment. Les scientifiques expliquent que, si les filles sont plus travailleuses, c'est parce qu'elles ont une **pression** plus forte que les garçons. Tu te souviens des **clichés**, ces idées toutes faites qui stigmatisent les filles dès la naissance ? On les retrouve à l'école : les filles passent leur temps à entendre des choses comme : « Ingénieur ? C'est un métier d'homme ! », « Tu peux y arriver, mais il faudra travailler plus. » Le problème, c'est qu'avec ces clichés, les filles manquent parfois de **confiance** en elles. La preuve : elles réussissent mieux, mais choisissent des métiers moins valorisés... Et, surtout, elles sont moins bien payées : en moyenne, les filles gagnent 27 % de moins que les garçons !

Info +

En France, certains métiers sont encore interdits aux filles, comme celui de croque-mort. Interdit aussi de servir dans l'armée étrangère, ou de manipuler des produits toxiques. En Russie, elles ne peuvent pas être plombier ou aiguilleur de train !

... et les garçons meilleurs en sport ?

Une chose est sûre, les garçons ne font pas plus de sport que les filles ! C'était peut-être le cas dans l'Antiquité et au Moyen Âge, quand le sport servait d'entraînement militaire. Mais, au 19e siècle, les médecins ont découvert que le sport était **bon pour la santé** et les filles s'y sont mises. Cependant, le sport des filles est resté associé à cette notion de santé physique... et a fini par se réduire au physique. Comme si le goût de **l'effort et de la compétition** était réservé aux garçons. Il suffit d'écouter les spécialistes sportifs à la télévision : avec eux, les athlètes féminines sont « sveltes » et « gracieuses », quand les garçons sont « rapides » et « musclés ». Toujours les clichés, bien sûr !

En France, un sportif sur trois est une sportive.

Le sais-tu ?

L'équitation est le seul sport totalement mixte : dans les compétitions, filles et garçons disputent les mêmes épreuves. À l'origine, pourtant, les filles avaient interdiction de monter à cheval : les médecins pensaient que ça les rendait stériles !

Info +

Il existe un sport où le record féminin est meilleur que le record masculin : le lancer du disque. 76,80 mètres pour les femmes contre 74,08 mètres pour les hommes ! Sauf que le disque des hommes pèse deux fois plus lourd que celui des femmes.

Dans le sport, **les clichés sont particulièrement forts**. La preuve : les filles font en grande majorité de la danse et de la gymnastique, sports qui leur demandent d'être sveltes et gracieuses, et les garçons pratiquent le foot et l'athlétisme, qui leur imposent d'être rapides et musclés. Amusant, quand on sait que, chez les Grecs de l'Antiquité, la gymnastique était réservée aux hommes ! À cause de ces clichés, les filles ont longtemps été **exclues des compétitions**. Pierre de Coubertin, l'inventeur des Jeux Olympiques, pensait qu'« une olympiade femelle serait impratique, inintéressante, inesthétique et incorrecte ». Certes, les filles faisaient du sport en jupe, mais quand même... Les choses ont bien changé depuis ; il reste encore une petite différence : les compétitions de filles sont moins retransmises à la télévision.

Pourquoi a-t-on décidé de noter les élèves ?

On peut se poser la question car, avant le 19e siècle, il n'existait aucun système de notation en France. En 1808, grande nouveauté avec la création du bac, les élèves sont évalués avec... des boules de couleur : boules blanches pour les matières où ils sont moyens, rouges pour celles où ils sont bons, et noires quand ils sont nuls. Puis, au fil du siècle, cette première évaluation est traduite en chiffres de 0 à 5, puis de 0 à 20. Voilà pour l'histoire.

Mais à quoi ça sert de noter les élèves ?

Tout le monde n'est pas d'accord !

Ceux qui sont pour estiment que la notation permet de se comparer avec le reste de la classe. Pour eux, certains élèves ont besoin d'avoir des repères pour s'encourager, et ils estiment qu'il est normal de récompenser les meilleurs.

Ceux qui sont contre pensent que les notes démoralisent les élèves en difficulté et que leurs progrès ne sont pas toujours valorisés. Imagine : un élève fait en moyenne 40 fautes à ses dictées. Si au prix d'un effort soutenu, il ne commet plus que 20 fautes, sa progression passera complètement inaperçue, puisqu'il aura toujours 0 sur 20, que ce soit avec 20 fautes ou 40 fautes !

Le sais-tu ?

Et ailleurs ?

Chaque pays a sa propre manière d'évaluer les élèves ! Au Québec et en Corée du Sud, les enfants sont notés sur 100. En Allemagne, les élèves sont notés de 1 à 6, mais c'est le 1 qui représente la meilleure note. Au Danemark, il n'y a plus de notes à l'école primaire, mais, dans le secondaire, les élèves peuvent avoir des notes négatives, avec une échelle allant de 12 à -2 ! En Suède, le classement des élèves au sein de la classe est banni par la loi !

Être intelligent, c'est avoir de bonnes notes ?

L'école sollicite ton intelligence, et plus encore : elle l'**entraîne** ! Les exercices que tu y fais créent de nouveaux circuits dans ton cerveau, et développent tes capacités. Lorsque tu as de bonnes notes, c'est le signe que tu as acquis certaines **compétences** ou que tu as un talent particulier : pour l'écriture par exemple, l'apprentissage des langues, ou peut-être les mathématiques ! Mais les matières travaillées à l'école ne sollicitent que certains aspects de ton intelligence. Par exemple, même si **les arts** prennent peu de place dans l'emploi du temps, ça ne veut pas dire qu'ils ne font pas appel à ton intelligence. Réussir à l'école n'est donc **pas la seule façon d'être doué**. Et si tu as une mauvaise note, ou si tu redoubles ? As-tu peur d'être moins fort que les autres ? En réalité, les capacités intellectuelles ne suffisent pas toujours pour avoir de bonnes notes.

Le sais-tu ?

Il existe des pédagogies alternatives à l'école traditionnelle (comme la pédagogie Montessori ou la pédagogie Freinet) qui mettent souvent en valeur d'autres aspects de l'intelligence. Les élèves peuvent par exemple définir eux-mêmes leurs objectifs d'apprentissage, être réunis dans des classes multi-âges, ou encore consacrer beaucoup de temps à des activités manuelles et artistiques.

Tout d'abord, comprendre et retenir des choses complexes demande à tous des efforts : un zéro peut tout simplement être le signe que tu n'as pas assez travaillé ! Il y a aussi autre chose : dans une classe qui rassemble beaucoup d'enfants, la **pédagogie** choisie peut **ne pas convenir à tout le monde**. Un élève qui ne réussit pas ce qu'on lui demande a parfois simplement **besoin qu'on lui explique d'une manière différente, et d'apprendre autrement**. Comme tu vois, il est difficile de résumer l'intelligence de quelqu'un a son bulletin de notes, et c'est tant mieux !

On appelle pédagogie une méthode dont l'objectif est de transmettre un savoir.

Qui décide que l'école est obligatoire ?

Personne, parce que, en France, **l'école n'est pas du tout obligatoire**, c'est l'instruction qui l'est depuis 1882. Tous les enfants doivent acquérir les savoirs indispensables, comme bien parler le français, avoir des notions en sciences, des connaissances en histoire... La loi dit que cette instruction est obligatoire pour tous les enfants âgés de 6 à 16 ans habitant en France, quelle que soit leur origine. C'est important, car l'éducation est une chance extraordinaire qui permet à chaque enfant de grandir, de comprendre le monde qui l'entoure et de trouver sa voie.

Mais tes parents peuvent décider de l'assurer eux-mêmes, de demander à quelqu'un de le faire, ou de t'inscrire à des cours par correspondance. À chaque rentrée scolaire, ils devront déclarer au maire de leur commune et au responsable départemental de l'Éducation nationale que l'instruction sera bien donnée au sein de ta famille. Un inspecteur viendra vérifier que tes connaissances sont comparables à celles des enfants qui sont scolarisés.

Info +

Environ 60 millions d'enfants n'avaient pas accès à l'école primaire dans le monde en 2015, et il est probable qu'un grand nombre d'entre eux ne s'y rendent jamais. Ce chiffre concerne 10 % des garçons et 12 % des filles de la planète. L'inégalité entre les deux sexes se réduit d'année en année.

Le sais-tu ?

Hors du système
Le philosophe Luc Ferry a choisi de quitter les bancs de l'école en classe de 3e et a continué de s'instruire chez lui, en recevant des cours par correspondance. Cela ne l'a pas empêché de devenir un universitaire brillant, et même… ministre de l'Éducation nationale entre 2002 et 2004.

C'est partout pareil ?

Chaque pays a ses propres lois ! En Belgique, la scolarité est obligatoire de 6 à 18 ans, alors qu'en Espagne, elle l'est jusqu'à 16 ans, tout comme en Angleterre où, en revanche, les enfants commencent à l'âge de 5 ans !

Qui décide des programmes scolaires ?

Ce sont des **spécialistes du ministère de l'Éducation nationale** qui s'en occupent. Ils définissent ce que toi et tes amis devez savoir à la fin de votre scolarité. Même si vous arrêtez l'école à 16 ans, comme il est possible de le faire, il est important d'avoir une bonne culture, de maîtriser la langue française, de pratiquer une langue étrangère, d'avoir des repères en mathématiques, en science, en histoire et en géographie. Mais, au fur et à mesure des années, à partir du CP, les programmes sont aussi conçus pour vous transmettre les règles de vie en société, vous faire connaître vos droits et vos devoirs de citoyens, et vous apprendre à être autonomes. En sortant de l'école, vous devez être bien armés pour toute la vie !

Info +

Dans le primaire, la lecture, l'expression écrite et la littérature représentent 37 % du temps en France, en Hongrie et au Mexique, mais 17 % à peine en Indonésie et en Islande. Les mathématiques représentent 21 % du temps en France, mais moins de 14 % en Corée, en Grèce, en Irlande et en Turquie.

L'école, le collège et le lycée dépendent du ministère de l'Éducation nationale.

Qui décide que j'étudie la préhistoire en CE2 et la Révolution française en CM2 ?

C'est juste une question de logique !

Le programme d'histoire à l'école primaire doit te permettre de connaître les grandes périodes de l'humanité. C'est indispensable au futur citoyen pour comprendre le monde actuel. Tu commences donc normalement par la première période, la préhistoire, pour t'intéresser par la suite à l'Antiquité, au Moyen Âge, et à l'époque moderne. En CM2, on se penche plutôt sur la période qui s'étend de la Révolution à aujourd'hui. On étudie les deux guerres mondiales, la France dans la deuxième partie du 20e siècle, ainsi que la construction européenne. Mais attention, ce programme n'est pas figé pour autant.

Les professeurs d'histoire peuvent également comparer les époques, donner des exemples d'autres périodes si cela peut t'aider. L'important est de bien comprendre les différentes étapes qui ont façonné la France. Et tu verras, c'est souvent passionnant !

Peut-on aller à l'école avec un handicap ?

L'intégration d'un enfant porteur d'un handicap en classe ordinaire, lorsqu'elle est bien préparée, bien encadrée, est un bienfait pour tout le monde. **L'élève apprend et se socialise**. Cela lui permet de grandir, dans tous les sens du terme. C'est aussi un **enrichissement pour les autres élèves** : cela leur permet de laisser leurs peurs et leurs préjugés au vestiaire, et de les remplacer par de la simplicité et de la bienveillance.
Mais être attentif à l'autre ne veut pas dire faire les choses à sa place. Il ne comprend pas tout de suite les règles d'un jeu ? Un peu de patience : cela ne t'est-il pas arrivé à toi aussi ? Un élève est sourd ? Inutile de lui crier dessus, articule bien, et il y a toutes les chances pour qu'il parvienne à lire sur tes lèvres. Un autre ne voit pas ? Signale-lui ta présence en lui touchant l'épaule ! Quant aux apprentissages, ils doivent **être organisés en fonction des besoins de l'enfant**. On peut avoir recours à un accompagnant (AESH), utiliser une machine à écrire spéciale, demander un temps supplémentaire pour faire les devoirs surveillés (« tiers-temps »)... Sans oublier bien sûr la gentillesse et l'attention !

Info +

Les « dys » sont des troubles de l'apprentissage : la dyslexie est un trouble de la lecture ; la dyspraxie, un trouble du développement moteur et de l'écriture ; la dyscalculie, un problème de compréhension des nombres ; la dysphasie, un trouble du langage oral. Les orthophonistes sont là pour aider l'enfant à dépasser ces difficultés, à l'aide de jeux, d'exercices... Ces « dys » ne sont pas toujours reconnus comme des handicaps en tant que tels, mais peuvent être associés à d'autres.

Peut-on apprendre ailleurs qu'à l'école ?

Oui, car en France, **c'est l'enseignement qui est obligatoire, pas le fait d'aller à l'école**. On peut apprendre à la maison avec ses parents, si l'Éducation nationale donne son accord. À l'hôpital, si on est obligé d'y faire de longs séjours. Il est également possible d'étudier par correspondance avec le CNED (Centre national d'enseignement à distance), qui envoie à l'élève des devoirs et des leçons à faire et à renvoyer. Il existe aussi des établissements adaptés, mais, selon les cas, l'enseignement y est plus ou moins privilégié, et parfois il est trop léger. Le mieux, quand on peut, c'est tout de même l'école pour tous !

Pourquoi il y a si peu d'enfants handicapés dans mon école ?

Pendant très longtemps, tu as raison, rien n'était fait pour accueillir les enfants souffrant d'un handicap dans les écoles. Mais, depuis **la loi de 2005 pour « l'égalité des droits et des chances »**, les établissements scolaires sont enfin ouverts à tout le monde. C'est une très bonne chose, car ce n'est pas parce que tu es handicapé que tu es moins bon que les autres !

Cependant, une loi ne résout pas tout en quelques semaines. Il faut d'abord recruter des dizaines de milliers de personnes, que l'on fasse appel à des auxiliaires de vie scolaires pour aider chaque enfant handicapé à suivre les cours, à prendre des notes s'il ne parvient pas à écrire, à porter son cartable, à manger à la cantine…

Il faut aussi adapter les salles de classe, prévoir des solutions pour monter dans les étages, acheter des ordinateurs avec de grands écrans pour ceux qui ne voient pas très bien, construire des toilettes suffisamment spacieuses… Il faut penser à des centaines de détails, à un bon accompagnement, et cela coûte cher.

Info +

En 2014, une enquête de l'Observatoire national de la sécurité et de l'accessibilité des établissements d'enseignement a montré que 25 % des écoles construites après la loi de 2005 n'étaient pas accessibles selon les règles en vigueur concernant l'accueil des enfants handicapés !

Le droit à l'éducation pour tous les enfants, quel que soit leur handicap, est un droit fondamental.

Le sais-tu ?

Où sont les enfants handicapés qui ne vont pas à l'école ? Par choix ou par obligation, certains élèves en situation de handicap restent chez eux. Leur instruction est effectuée par un membre de la famille ou par un enseignant envoyé par l'Éducation nationale. Ceux qui souffrent de handicaps plus importants sont orientés vers des centres spécialisés, où ils reçoivent à la fois des soins et une instruction.

Mais le pari est en passe d'être gagné. Depuis 2005, le nombre d'élèves en situation de handicap dans les écoles a presque triplé en France (près de 385 000 à la rentrée 2020). Et tout le monde y gagne. D'abord, l'accessibilité profite à chacun. Par exemple, si tu te casses la jambe, tu seras content de prendre la rampe et de ne pas avoir cinq marches à monter juste pour entrer dans le hall de l'école. Et si la signalisation pour rejoindre les classes est améliorée, tu te perdras moins, tout comme tes parents lorsqu'ils viennent aux réunions ! **Vivre ensemble** permet d'**accepter la différence** et de ne plus la voir. Parfois, quand le handicap est assez important, les élèves sont regroupés dans des classes spéciales intégrées dans les établissements scolaires. Handicapés ou pas, **tous les enfants ont droit à l'éducation !**

Pourquoi écrit-on de gauche à droite ?

Parce que ceux qui ont inventé l'écriture étaient droitiers, bien sûr ! Mais pas seulement. Notre écriture a été inventée **il y a plus de 5 000 ans** en Mésopotamie, une région située entre l'Irak et la Syrie d'aujourd'hui. Ce sont des marchands qui en ont eu l'idée : leur mémoire ne suffisait plus pour tenir leurs comptes. Mais comme le papier n'existait pas encore, les Mésopotamiens utilisaient des **tablettes d'argile** (une sorte de boue) qu'ils gravaient à l'aide de pointes de roseaux avant de les faire sécher. Heureusement qu'ils étaient surtout droitiers, car imagine ce qui se serait passé s'ils avaient démarré leurs tablettes à droite : l'argile se serait écrasée comme un pâté sous leur poignet et ils n'auraient plus eu qu'à tout recommencer. Pas fous, les Mésopotamiens !

Comme leur nom l'indique, les tablettes servaient à la fois de papier et de table.

Le sais-tu ?

Les langues qui s'écrivent de gauche à droite comme le français ou l'anglais sont appelées « dextroverses ». L'arabe et l'hébreu, elles, sont des écritures « sinistroverses » : elles s'écrivent de droite à gauche. Le mongol, qui s'écrit de haut en bas, est une écriture verticale. Encore plus fort, le chinois s'écrivait autrefois de haut en bas et de droite à gauche : seuls les journaux le font encore aujourd'hui !

Pendant ce temps-là, les Chinois, eux, commençaient à écrire sur des os : pas étonnant qu'ils aient longtemps écrit de haut en bas !

Et l'arabe, alors, qui s'écrit de droite à gauche ?

C'est exactement la même histoire, sauf qu'il faut remplacer les Mésopotamiens par des Égyptiens et les tablettes d'argile par des **feuilles de papyrus**, une plante qui pousse sur les bords du Nil. Le papyrus est un matériau très fragile : il faut le rouler pour le conserver. Les rouleaux pouvaient être très longs : entre 5 et 40 mètres ! Les Égyptiens devaient donc les tenir d'une main tout en écrivant de l'autre. Essaie de dérouler ta feuille de la main gauche pendant que tu écris de la droite, tu verras : il n'y a pas d'autre possibilité que d'**écrire de droite à gauche**.

Pourquoi ça me gêne si on copie sur moi ?

Un regard qui glisse vers ta feuille de réponses pendant un contrôle… tu as déjà connu ça. Peut-être que ça t'embête, ou peut-être pas ! Et si c'est le cas, est-ce que ça te gêne **à chaque fois** ?

Imaginons trois situations différentes :

• Léo a raconté à tout le monde qu'il avait passé sa soirée à jouer à la console, et pendant l'évaluation de grammaire, il essaie de regarder ta feuille. Ça va peut-être t'**agacer**, car tu as consacré du temps à réviser et tu penses qu'une bonne note, ça se **mérite** ?

• Tu vois que ta voisine Lola copie sur toi, et tu n'es pas très sûr de tes réponses. Tu as peut-être **peur** que vous fassiez les mêmes erreurs, et que la maîtresse vous punisse tous les deux pour avoir triché ! Tu te dis que ce ne serait pas **juste**.

• Nina était vraiment patraque pendant la récré, elle était toute pâle et avait mal au ventre. Et en rentrant en classe : contrôle surprise ! Quand tu vois que Nina jette un œil sur tes réponses, tu fais comme si tu n'avais pas vu, tu aurais même **envie de l'aider** car tu te dis qu'elle n'est pas dans son état normal.

Tu as sûrement bien d'autres situations en tête. Chaque histoire est différente, et c'est souvent ton **interprétation de la situation** qui va faire que cela te gêne... ou non. Et puis, peut-être que tu te dis aussi qu'un jour dans la vie il n'y aura plus de notes, et que ce sera la **responsabilité de chacun** d'apprendre ce dont il a besoin ?

Info +

Dans le domaine de la création artistique (musique, littérature, cinéma, etc.), le fait de copier une œuvre et de se l'attribuer s'appelle un plagiat. Dans certains cas, définis par le « Code de la propriété intellectuelle », cela peut être puni par la loi !

Pourquoi je vais à l'école certains jours et pas d'autres ?

C'est le ministre de l'Éducation nationale qui est chargé d'organiser le temps scolaire. Son objectif est de te permettre de mieux apprendre, d'être moins fatigué, tout en restant plus réceptif et plus concentré. La durée totale est fixée à 24 heures par semaine depuis plusieurs années, mais les ministres qui se succèdent ne sont pas toujours d'accord sur la répartition de ces heures. En 2008, le ministre pensait qu'il était préférable de travailler quatre jours et d'avoir trois jours de repos (mercredi-samedi-dimanche). Mais, à partir de la rentrée scolaire 2014, tout a changé.

Le sais-tu ?

Et chez les autres ?
Dans certains pays, le choix des rythmes scolaires est laissé aux régions, et parfois même aux écoles. Mais, en très grande majorité, c'est la semaine scolaire de cinq jours qui a été adoptée : les enfants vont à l'école du lundi au vendredi. Pourtant, en Indonésie et dans certaines régions d'Allemagne et d'Autriche, les écoliers ont cours le mercredi, mais aussi le samedi matin.

« Les maîtres d'école sont des jardiniers en intelligence humaine. »

Victor Hugo

Pendant toute sa scolarité, on passe un peu plus de 10 000 heures sur les bancs de l'école, du collège et du lycée. Un peu plus si on redouble !

Des études ont montré que les journées étaient trop chargées et que les enfants étaient plus attentifs avant le déjeuner. Les élèves ont par conséquent pris le chemin de l'école cinq matins par semaine au lieu de quatre. Pour compenser cette matinée supplémentaire, tes cours s'arrêtaient plus tôt l'après-midi. Tu avais ainsi, en principe, plus de temps pour faire des activités artistiques ou sportives à l'école. Mais en 2017, la plupart des écoles ont opté pour le retour à la semaine de quatre jours.

Qui décide de ce que je mange à la cantine ?

Quand il y a une cantine dans ton école (mais ce n'est pas obligatoire), **c'est la commune qui est responsable du menu**. Selon les situations, les repas sont préparés sur place par le personnel, ou par une entreprise de restauration collective. Et chaque ville, la tienne comme les autres, propose les menus de son choix. C'est donc elle, ou plutôt le personnel du service « restauration », qui décide. Les menus sont par conséquent assez différents dans chaque école de France, mais, partout, de Quimper à Montauban en passant par Bâgé-le-Châtel, ils doivent rester variés, équilibrés, avec des portions adaptées à l'âge des élèves. Si cela t'intéresse, tu peux regarder ce que tu vas manger cette semaine en surfant sur le site Internet de ta ville. On y trouve la plupart du temps les menus de la semaine.

Le sais-tu ?

C'est quoi, un PAI ?

Si un enfant a un problème de santé (allergie, asthme...), sa famille, l'établissement scolaire et le médecin de l'école signent un projet d'accueil individualisé (PAI). Grâce à ce contrat, l'élève peut recevoir à l'école les soins ou les médicaments dont il a besoin, ou bénéficier d'un régime alimentaire particulier.

En France, un milliard de repas sont servis chaque année dans les cantines pour 7 millions d'écoliers, de collégiens et de lycéens demi-pensionnaires.

Et si notre religion interdit de manger du porc, on fait quoi ?

En principe, les communes ne sont pas obligées de prévoir des menus adaptés aux pratiques religieuses particulières mais, le plus souvent, elles proposent malgré tout des plats alternatifs pour les enfants qui sont allergiques, ou pour ceux qui ne mangent pas certains aliments à cause de leur religion.

Qui ne mange pas de porc à la cantine ?

La plupart des religions possèdent **des règles concernant l'alimentation**. Les juifs qui observent les règles les concernant mangent une nourriture casher, comme le prescrit la Bible : l'animal est tué selon des règles précises. Ils ne consomment que des mammifères ruminants aux sabots fendus, comme le bœuf, et ne mangent ni cheval, ni lapin, ni porc. Dans la religion musulmane, on mange halal : les animaux doivent être tués selon des règles dictées par le Coran, notamment la tête tournée vers La Mecque. Le Coran recommande de ne pas manger de viande d'animaux carnivores, ni de porc. Les chrétiens ont peu d'interdits alimentaires, et certaines pratiques sont moins répandues qu'avant, comme manger du poisson le vendredi, en souvenir de la mort de Jésus le Vendredi saint.

Dans toutes les religions, la nourriture est aussi **symbole de moments de fête**. Par exemple lors de la Pâque juive, qui célèbre la libération des Hébreux hors d'Égypte, on partage en famille des mets amers, qui rappellent l'amertume de l'esclavage, et du pain non levé, pour commémorer la fuite précipitée.

Chez les musulmans, pendant le mois de Ramadan, on jeûne durant la journée, et on peut boire et manger dès que la nuit tombe. La fin du mois est célébrée par une grande fête, l'Aïd al-Fitr, une journée de fraternité où l'on déguste notamment des pâtisseries en famille ou entre amis.

Info +

Le jaïnisme est une religion très ancienne qui compte environ dix millions de fidèles. Elle est relativement différente de l'hindouisme, même si toutes les deux sont d'origine indienne et visent notamment la fin des réincarnations de chaque être. Les jaïns sont respectueux de la nature et végans : ils ne mangent ni viande, ni poisson, ni œufs, ni produits laitiers, ni miel, et ne boivent pas de vin. Ils ne portent pas de cuir, de soie ou de laine.

Demain, qu'est-ce que je mangerai à la cantine ?

Encore un peu de quiche aux criquets ? Des chenilles au chocolat ? Une compote d'algues ? Miam, ou beurk... Demain, **insectes et algues** seront au menu de la cantine. Tu boiras aussi du lait de cafard : les chercheurs ont découvert qu'il était trois fois plus énergétique que le lait de vache. Pourquoi chercher de nouveaux aliments ? Parce que nous serons près de 10 milliards sur Terre en 2050 et qu'il faudra **nourrir tout le monde** sans épuiser la planète et en polluant le moins possible. Or, les légumes poussent avec beaucoup de produits chimiques, les vaches pètent énormément et lâchent du méthane, un gaz qui pollue l'atmosphère, et l'élevage des cochons pollue les sols. C'est pourquoi nous allons manger moins de viande et plus d'insectes, faciles à élever partout sur la planète.

Info +

Pourquoi se limiter à la Terre ? Des astronautes ont déjà fait pousser des petits pois et de la salade dans leur vaisseau spatial et, en ce moment même, un satellite tourne autour de la Terre avec des tomates qui poussent à bord.

Demain, irons-nous encore à l'école ?

Oui, l'école restera le lieu où on apprendra à lire, à compter, à parler l'anglais... mais on le fera avec des tablettes et des ordinateurs reliés à **Internet**. Ce qui va changer, ce sont les **outils** utilisés en classe et la façon de travailler, en privilégiant les **petits groupes**. Du coup, les classes vont changer aussi, avec des fauteuils placés en rond pour travailler à plusieurs, des tables recouvertes d'un **écran interactif** (comme celui d'une tablette) pour partager ses découvertes. Les enseignants apprendront toujours l'histoire ou la géométrie à leurs élèves, mais avec des exercices qui ressembleront à des jeux vidéo. Ils leur apprendront à être **créatifs** et à **utiliser intelligemment** les nouveaux outils. Ce qui ne changera pas, c'est le contact humain et le plaisir de retrouver ses copains à la récré !

Le sais-tu ?

Demain, les devoirs seront personnalisés pour aider l'élève là où il en a besoin. En classe, il fera des exercices sur un ordinateur qui analysera son travail et lui proposera des devoirs selon ses résultats. Il pourra s'exercer jusqu'à ce qu'il comprenne bien. À lui les bonnes notes !

À la récré, on va jouer à quoi ?

On pourra toujours courir derrière un ballon mais on pourra aussi aller sur Mars, visiter la Chine ou faire du ski grâce à la **réalité virtuelle**. En utilisant des lunettes spéciales, on sera virtuellement (pas réellement) dans un autre monde, comme si on était à l'intérieur d'un film.

Info +

La « programmation », une nouvelle matière à l'école ? Oui, sûrement, pour dialoguer avec ton robot ou créer des jeux sur ton ordinateur. Comme les humains, ces appareils ont leur propre langage. Programmer, ou coder, c'est apprendre ce langage pour communiquer par écrit avec les machines.

Pour avoir un métier que j'aime, quelles doivent être mes qualités ?

Dans quelques années, vers l'âge de 15 ou 16 ans, tu vas faire tes premiers choix en matière d'orientation scolaire. Ces choix sont importants, car ils te permettront d'**imaginer les types de métiers que tu pourras exercer**. Mais, bien souvent, les ados ne savent pas – et c'est bien normal ! – ce qu'ils feront plus tard et ils sont un peu perdus ! Une bonne façon de choisir son premier métier ou son orientation scolaire consiste à s'interroger sur ses qualités : y a-t-il une chose que je sais faire un peu mieux que les autres ? Que j'aime particulièrement ? Et dans laquelle je voudrais me perfectionner ? Choisir une orientation, c'est répondre à cette envie d'exercer et d'**améliorer ses talents**. C'est ce qui va contribuer à ton **plaisir de travailler**.

Un travail passionnant est un travail qui te correspond, qui te permet d'exprimer tes qualités et tes forces. C'est celui qui te donne envie d'avancer, de comprendre et de te réaliser.

« Moi, je suis le meilleur de mon équipe de foot. Je pourrais devenir footballeur professionnel ? »

Des footballeurs professionnels, il y en a très peu, et ce sera sans doute très difficile d'intégrer une équipe de haut niveau ! Mais si tu es le meilleur de ton équipe, ce n'est pas seulement parce que tu cours plus vite ou que tu dribbles mieux ! C'est aussi parce que tu as le sens du collectif, que tu sais respecter tes adversaires et encourager tes coéquipiers, que tu appliques les règles du jeu et que tu es capable de régler les conflits sur le terrain... Bref, **tu as plein de qualités**, et elles ne sont pas si fréquentes ! Durant ta vie professionnelle, tu pourras les mettre à profit dans des métiers très différents, mais qui exigent tout particulièrement une capacité d'écoute, de travail en groupe, de discipline, ou encore de solidarité. Voilà des **compétences rares** qui te permettront d'être heureux au travail : tu vas les exercer, les améliorer encore et encore... Et elles contribueront à te faire aimer ton travail et à t'épanouir, même si tu n'es pas footballeur professionnel !

Un métier, c'est pour toute la vie ?

Il est peu probable que tu restes dans la même entreprise ou que tu fasses le même métier toute ta vie. Tu exerceras peut-être **plusieurs métiers en même temps**, comme c'est déjà le cas pour un travailleur sur six actuellement en France ! En effet, en raison de la crise économique et des progrès techniques, il est important d'avoir plusieurs cordes à son arc. Et il vaut mieux confier son avenir à plusieurs employeurs qu'à un seul, qui peut se séparer de toi du jour au lendemain si son secteur d'activité se porte mal ! Donc, ce n'est pas parce que tu feras des études dans un secteur précis que tu exerceras forcément le même métier toute ta vie !

Info +

Les jeunes envisagent leur carrière comme une longue course. Plus de la moitié d'entre eux s'attendent à travailler après 65 ans.

Par ailleurs, changer de métier ou en avoir plusieurs en même temps, c'est intéressant : cela permet de continuer à apprendre de nouvelles choses, de relever de nouveaux défis, de rencontrer des gens… Mais **si tu veux changer de métier, il te faudra l'apprendre**. C'est pourquoi on dit souvent qu'un bon employeur est celui qui te permettra d'en trouver un autre ! C'est la différence entre la **formation initiale** (celle que tu as acquise à la fin de tes études) et la **formation continue** (celle que tu peux suivre alors que tu travailles déjà).

Je ne sais pas quel métier faire plus tard, c'est grave ?

On estime qu'il existe aujourd'hui **plus de 10 000 métiers différents** : même si tu ne les connais pas tous, tu auras donc le choix !
Cependant, les métiers de demain, ceux parmi lesquels tu auras à choisir, ne ressembleront pas à ceux d'aujourd'hui. Et certains métiers actuels vont peu à peu disparaître. Sans doute verra-t-on un jour la voiture sans chauffeur prendre la place des chauffeurs de taxi, ou au restaurant, des robots apporter leurs plats aux clients ! Bien sûr, il y aura toujours des plombiers, des boulangers ou des jardiniers, mais même **ces métiers « traditionnels » vont se transformer** : le plombier programmera une imprimante 3D pour remplacer un robinet, le jardinier pilotera sa tondeuse à distance, et le boulanger livrera peut-être son pain avec un drone.

Bref, le **progrès technique** et la robotisation vont profondément modifier les connaissances qu'il faudra acquérir et enrichir tout au long de sa vie. Tout le monde ne deviendra pas informaticien mais, dans chaque métier, il y aura une part importante de numérique.

Et puis, peut-être que ton futur métier **reste à inventer** ! On estime que sur dix métiers qu'exerceront les élèves actuellement en classe de maternelle, sept n'existent pas encore. Même s'il est difficile de deviner quels seront ces métiers de demain, on sait qu'ils seront nombreux dans des secteurs qui bénéficient d'une très **forte croissance**, comme l'impression 3D, l'assistance à distance, ou la communication entre objets connectés.

Le sais-tu ?

Au 16e siècle, Léonard de Vinci a imaginé un robot capable de bouger ses bras, ses jambes et même ses mâchoires ! Au 18e siècle, l'inventeur français Jacques de Vaucanson a conçu un canard automate qui pouvait boire, se nourrir, s'ébrouer dans l'eau, digérer sa nourriture et même faire des crottes ! Finalement, les robots existent depuis longtemps !

J'♥
VOTER,
et toi ?

CHAPITRE 3

MES DROITS
ET MES DEVOIRS

Il y a des règles partout ! À quoi ça sert ?

Bien sûr, il y a les lois du pays. Mais pas seulement : en voiture, on respecte le Code de la route, à l'école il y a un règlement intérieur, en famille il y a les règles de la maison... Il y a des règles partout !
C'est logique, car l'existence de règles va de pair avec le **développement de la société**. Même les hommes préhistoriques avaient besoin de règles pour **coopérer** au sein de leurs tribus : impossible de chasser le mammouth efficacement sans **se mettre d'accord** sur ce qu'on va faire ensemble !
Elles aident à **réguler les relations** dans un groupe en définissant clairement **ce qui est permis** ou non, et dissuadent de commettre des infractions en en **prévoyant les conséquences**. Les usages (comme la politesse, par exemple !) ont également cette fonction de permettre à tous de bien **vivre ensemble**.

Info +

Connais-tu la loi du talion, illustrée par la célèbre expression « œil pour œil, dent pour dent » ? Il s'agit de l'une des premières formes de loi, qui a pour principe la réciprocité du crime et de la peine. De nos jours et dans notre pays, la justice n'applique plus ce principe.

Les règles peuvent également servir à nous **protéger.** Par exemple, grâce au Code de la route, nous pouvons circuler en **sécurité**, à condition que tout le monde respecte les feux rouges, les sens interdits et la vitesse autorisée. Mais elles peuvent servir à bien d'autres choses ! Par exemple, impossible de **jouer** au foot si on n'en définit pas les règles, et si les joueurs n'acceptent pas de les suivre.

Et toi, vois-tu dans ton quotidien des règles qui te semblent inutiles ? À quoi pourraient-elles servir en réalité ?

Le sais-tu ?

Avant l'invention de l'écriture (vers 3500 avant J.-C.), les lois étaient par définition « non écrites ». L'un des plus anciens codes juridiques écrits qu'on ait découverts est le « Code d'Ur-Nammu », du nom d'un souverain de Mésopotamie. Il date d'environ 2100 avant J.-C. et indique notamment les peines encourues en cas de meurtre, de vol ou d'enlèvement.

Qui décide des règles qu'on doit respecter ?

As-tu l'impression que beaucoup de règles s'imposent à toi sans que tu aies ton mot à dire ? Parfois, cela te semble-t-il difficile de respecter une règle, parce que tu n'es pas d'accord ou que tu n'en comprends pas l'utilité ? La question de savoir **qui décide** des règles n'est pas anodine !

Peut-être que les règles de ta classe sont discutées avec l'enseignant, ou que tu peux parler avec tes parents des règles de la maison. Si c'est le cas, et que tu **participes** ainsi à les définir, cela t'aide peut-être à comprendre et à respecter les règles de vie en commun.

Pour des groupes plus grands, au niveau d'un État par exemple, on se pose aussi la question de la façon de décider des règles et des lois. Est-ce une seule personne qui les impose ? Ou à l'inverse tient-on une discussion générale jusqu'à ce que tout le monde soit d'accord ? La France est ce qu'on appelle une « **démocratie** » : c'est une forme d'organisation politique dans laquelle **le pouvoir appartient au peuple**. Le peuple élit régulièrement des **représentants**, qui proposent et votent les lois, et les décisions sont prises selon la règle de la **majorité**. Dans un tel système, une loi ne sera acceptée que si une majorité de représentants du peuple est **pour**. On se donne de cette manière un maximum de chances que les règles soient dictées par **l'intérêt général**.

Le sais-tu ?

En France, la citoyenneté s'acquiert à 18 ans. Nous avons tous à partir de cet âge le droit de voter pour élire nos représentants : c'est ce que l'on appelle le « suffrage universel ». En réalité, celui-ci n'est pas si ancien que cela dans notre pays, car les femmes n'ont obtenu le droit de vote en France qu'en 1944 !

Mais là encore, selon les **pays** et les **époques** de l'histoire, on rencontre des régimes politiques bien différents. Il existe dans le monde des **régimes autoritaires** : lorsqu'une seule personne, ou un petit groupe de personnes, impose son pouvoir et ses idées au reste de la population. Les règles risquent alors d'être le reflet des convictions et de l'intérêt de quelques-uns seulement, et d'être suivies par tous uniquement sous la pression de la **menace** et de la **peur**.

Qu'est-ce qu'on risque quand on ne respecte pas la loi ?

Tout dépend de la **gravité de l'infraction**, bien sûr : celui qui gare sa voiture sans payer n'encourt pas la même sanction qu'un fabricant de faux billets ! Il existe ainsi de nombreux **codes** dans le droit français, qui rassemblent les lois et prévoient les sanctions selon les faits et leur gravité : **contraventions, délits, ou crimes** (du moins grave au plus grave).
Mais cela dépend aussi de l'âge que l'on a. En effet, le droit français considère que les enfants n'ont pas toujours conscience des conséquences de leurs actes, qu'ils doivent être protégés et accompagnés dans leur développement. Les personnes majeures, elles, sont considérées comme responsables. Ainsi, en cas d'infraction importante à la loi, les enfants et adolescents peuvent comparaître uniquement devant une **justice spéciale pour les mineurs**. Et pour les mêmes faits, un jeune sera condamné deux fois moins lourdement qu'un adulte.

Info +

Un mineur ne peut pas aller en prison avant l'âge de 13 ans.

Et si une loi est injuste ?

L'histoire de l'humanité nous montre que les lois ne sont pas toujours **justes**. Par exemple, au cours des siècles passés, certains pays ont adopté des lois qui ne donnaient pas les mêmes droits aux hommes en fonction de leur couleur de peau (comme les lois autorisant l'esclavage aux États-Unis, ou encore l'apartheid en Afrique du Sud). De la même manière, les droits des femmes sont différents de ceux des hommes dans de nombreux pays, ce qui a également été le cas en France pendant longtemps. Sais-tu par exemple qu'avant 1965 dans notre pays, une femme mariée n'avait pas le droit d'ouvrir un compte en banque sans l'accord de son mari ? Cette réalité te semble certainement aujourd'hui inimaginable ! C'est justement parce que des hommes et des femmes ont trouvé ces lois **injustes** qu'ils ont œuvré à les faire **abolir, grâce à d'autres lois**.

Parfois, face à une sanction que tu n'as pas méritée, tu te révoltes peut-être : « Ce n'est pas juste ! » Mais as-tu déjà été confronté à une **règle profondément injuste** ? Même si tu fais partie de ceux qui sont favorisés par cette règle, **te sentirais-tu tenu de la respecter** ?

Ce qui est « légal » (conforme à la loi) n'est pas toujours « légitime » (conforme à la justice, à l'équité).

Est-ce que c'est toujours « bien » de respecter les règles ?

Distinguer le bien du mal, ce n'est pas toujours simple. Alors, quand on se retrouve face à une règle – voire une loi – qui nous semble « mauvaise »... Que faire ? Est-ce que parfois le « bien », c'est justement de ne pas respecter la règle ? Prenons un exemple historique que tu connais sûrement, celui de la Seconde Guerre mondiale. Très vite après le début de la guerre, la France se retrouve occupée par l'armée d'Hitler, et le gouvernement français change : c'est la période de « l'Occupation ». À cette époque, ceux qu'on appelle les **« collaborateurs » respectent** en réalité les lois officielles, tandis que les « **résistants** » deviennent des clandestins, et choisissent la **désobéissance**.

Le sais-tu ?

D'où vient le mot « autonomie » ? Ce mot vient du grec ancien *autos*, qui signifie « soi-même », et *nomos*, qui signifie « la loi, la règle ». Être autonome, au sens littéral, c'est donc « se gouverner soi-même selon ses propres lois ».

« Chacun a la responsabilité morale de désobéir aux lois injustes. »

Martin Luther King

Les résistants avaient la certitude d'agir pour le « bien » et que les lois en vigueur étaient mauvaises... Ils ont ainsi sauvé la vie de milliers de personnes, et contribué à libérer la France. Si, avec le recul, ce qui était « bien » peut sembler évident, sur le moment il ne s'agissait pas d'un **choix** facile à faire... et cela comportait beaucoup de **danger**. C'est notamment pour cette raison que l'action des résistants est célébrée aujourd'hui encore.

Cet exemple est extrême, et tu n'as probablement jamais eu dans ta vie à te poser une telle question, mais l'histoire et l'actualité du monde te conduisent peut-être à t'interroger, parfois, sur ce que tu ferais dans une situation pareille. Si une règle ou une loi ne nous semble pas conforme au « bien », chacun de nous a la responsabilité de se poser des questions, par exemple : « *Est-ce que j'aimerais qu'on me fasse cela ?* », ou encore : « *Est-ce que j'aimerais que cette règle soit une loi universelle ?* »

Même face aux règles et aux lois, c'est important de toujours continuer à **réfléchir par soi-même** !

Qui décide si je suis français ou non ?

Quand l'un de tes parents est français, c'est automatique, tu l'es dès ta naissance. C'est ce que l'on appelle le **droit du sang**. Il existe aussi le **droit du sol**, mais c'est un peu plus compliqué : si l'un de tes parents étrangers est né en France comme toi, tu es français dès ta naissance. Si tu es né dans notre pays, mais que tes deux parents sont étrangers, tu peux devenir français si tu habites suffisamment longtemps en France. Il y a aussi la procédure de « naturalisation » : un étranger majeur, résidant sur le sol français depuis au moins cinq ans (ou deux ans s'il est étudiant), peut demander à être naturalisé. Mais il faut qu'il prouve sa bonne connaissance de la langue française et des valeurs de la République. Sinon, cela lui est refusé ! Dernière option : un étranger peut être naturalisé après quatre ans de mariage avec un citoyen français.

Le sais-tu ?

Si tes parents sont français, mais que tu es né aux États-Unis, ou dans l'avion qui survolait ce vaste pays, tu es américain ! Tu as ainsi la double nationalité, et tu pourras vivre dans l'un ou l'autre des deux pays quand tu seras adulte.

Qui décide que je n'ai pas le droit de voter avant 18 ans ?

Les parlementaires qui ont voté cette loi en France, tout comme la grande majorité des pays, ont estimé que tu manquais de culture politique avant cet âge, et que tu ne serais donc pas capable d'exprimer librement ton opinion. Tes parents pourraient par exemple te souffler quoi voter ! Ce n'est pas un avis partagé par tout le monde. Ceux qui veulent abaisser la limite à 16 ans sont persuadés que cela permettrait de mobiliser les plus jeunes et de leur montrer que l'on a confiance en leur jugement. Cela obligerait aussi les hommes et les femmes politiques à mieux les écouter, puisqu'ils auront besoin d'eux pour être élus. L'histoire leur donnera sûrement raison, car on constate que les électeurs sont de plus en plus jeunes : on votait à 30 ans en 1815, à 25 ans en 1830, et à 21 ans en 1848, avant que la majorité électorale ne passe à 18 ans en 1974.

Info +

Baby vote

Depuis 2007, les électeurs d'Autriche sont autorisés à voter aux élections municipales, législatives ou européennes à partir de 16 ans. Et un parti de ce pays demande même le droit de vote... dès la naissance !

À quoi ça sert de voter ?

Dans une démocratie, **c'est le peuple qui décide** et qui vote les lois ! D'ailleurs, « démocratie » vient d'un mot grec ancien qui signifie « le pouvoir du peuple ». Mais comme ce serait compliqué de demander l'avis de tous les citoyens à chaque fois qu'une loi doit être votée, le peuple élit des représentants chargés de voter en son nom : ce sont les députés et les sénateurs. Mais il y a aussi d'autres élections. En France, on vote pour élire le président de la République, les députés européens au Parlement européen, les conseillers régionaux pour la région, les conseillers départementaux dans le département, et les conseillers municipaux à la mairie.

Les citoyens sont les habitants d'un pays ayant le droit de voter.

Info +

En Suisse, les citoyens peuvent être appelés à voter des lois tous les dimanches ! En France, c'est exceptionnel, mais cela arrive : on parle alors de « référendum » (le peuple vote directement une loi). Le dernier référendum a eu lieu en 2005.

Certains disent que voter, ça ne sert à rien : c'est vrai ?

Beaucoup de gens sont déçus par les responsables politiques, qui ne respectent pas leurs promesses. C'est un peu comme si tu avais voté pour un délégué de classe ayant promis avant l'élection de demander que la récréation dure plus longtemps mais qui, une fois élu, n'aurait rien fait du tout, ou aurait même exigé qu'il y ait davantage de contrôles en classe ! Dans une telle situation, tu serais probablement déçu et en colère... Mais ne plus voter n'est pas la solution, car c'est laisser les autres décider à ta place. Si tu veux changer les choses, tu peux par exemple te présenter à la prochaine élection des délégués de classe. Pour les adultes, c'est pareil. Voter, c'est un droit, mais c'est aussi un devoir !

Qui décide que je n'ai pas le droit de travailler ?

Tu as la chance de vivre en Europe, où les enfants sont très bien protégés par la loi.
En France, **tu ne peux être salarié qu'à partir de 16 ans**, et uniquement si tes parents sont d'accord. Pour les travaux qui ne sont pas dangereux pour ta santé ou ta sécurité, il y a des exceptions, mais dans des conditions spécifiques et très protectrices.
Cela n'a pas toujours été le cas. Les enfants d'autrefois travaillaient dès leur plus jeune âge, d'abord dans les campagnes, puis, à partir du 19e siècle, dans les usines. Une loi française de 1841 interdisait de les faire travailler à 6 ans, ce qui revenait à une autorisation d'embauche dès l'âge de 7 ans !
Malheureusement, cet esclavage est loin d'avoir disparu dans le monde. À cause de la pauvreté et de la faible scolarisation, près de 200 millions de jeunes, soit un sur six, travaillent dans des conditions très pénibles, en grande majorité dans les exploitations agricoles d'Afrique, d'Asie du Sud et d'Amérique latine.

Un analphabète est une personne qui ne sait ni lire ni écrire.

Le sais-tu ?

Horrible !
Depuis août 2014, la Bolivie, un pays d'Amérique du Sud, autorise le travail des enfants dès l'âge de 10 ans « à condition [selon le gouvernement] que cette activité ne nuise pas à leur droit à l'éducation et qu'elle ne soit pas dangereuse. » Beaucoup sont contre, car si les enfants sont autorisés à travailler, ils manqueront l'école et ne pourront pas s'élever dans la société, et la plupart resteront analphabètes.

Quelles exceptions ?

Comment alors peut-on tourner un film comme *Le Petit Nicolas*, puisque les enfants n'ont pas le droit de travailler ? En réalité, on peut engager un enfant de moins de 14 ans, mais uniquement pour un spectacle, un film, ou en tant que mannequin. Il faut privilégier cependant les périodes de vacances ou, quand cela est impossible, s'arranger pour ne pas trop perturber ses études. Tu peux aussi avoir un petit job d'été à partir de 14 ans, si tu ne travailles pas plus de 35 heures par semaine et de 7 heures par jour. Et sache-le, tes parents n'ont aucun droit sur l'argent que tu as gagné par ton travail.

Qu'est-ce que c'est, les droits de l'homme ?

Tu entends souvent parler des droits de l'homme, mais c'est parfois difficile de savoir exactement ce que cela veut dire... Les droits de l'homme correspondent à une idée importante : tous les individus doivent **pouvoir vivre libres, heureux et dans la paix**. C'est un bel idéal, non ? Concrètement, cela signifie que la société doit protéger les personnes contre l'injustice, la pauvreté et la guerre. Les droits de l'homme sont universels. En 1948, l'ONU, une organisation internationale qui rassemble tous les pays du monde, les a proclamés dans la Déclaration universelle des droits de l'homme. Normalement, chaque pays doit les protéger. Malheureusement, ce n'est pas le cas partout. Beaucoup de personnes dans le monde souffrent à cause des guerres, de la pauvreté, de la pollution et du racisme, qui portent gravement atteinte aux droits de l'homme...

Les droits de l'homme, cela concerne aussi les femmes ?

Bien évidemment, **les droits de l'homme protègent aussi les femmes et les petites filles !** La discrimination entre les femmes et les hommes est interdite, et tous les êtres humains doivent avoir les mêmes droits. D'ailleurs, on devrait dire en réalité « droits humains », comme le font les Anglais, les Espagnols ou les Canadiens.

Mais l'expression « droits de l'homme » est ancienne : elle date de la Révolution française de 1789 et a été consacrée par la célèbre « Déclaration des droits de l'homme et du citoyen ». L'expression est donc entrée dans l'histoire, et beaucoup de gens continuent à l'employer en France pour parler des droits de tous les êtres humains. Difficile de changer les traditions...

La discrimination, c'est traiter différemment et de façon injuste certaines personnes, par exemple en leur interdisant certaines choses par rapport aux autres.

Et moi, j'ai des droits ?

Oui, bien sûr ! **Les enfants aussi ont des droits.** Presque tous les pays du monde se sont engagés à respecter la Convention internationale des droits de l'enfant. Ce texte, très important, date de 1990 et proclame de nombreux droits, comme le droit qu'ont les enfants de vivre avec leur famille, d'aller à l'école ou d'être protégés contre la violence et les mauvais traitements.

Info +

Dans le Code civil, il est dit à l'article 371 que « l'enfant, à tout âge, doit honneur et respect à ses père et mère ». Donc pas question de dire « j'ai des droits » pour refuser de manger des brocolis ou de te laver les dents !

Le sais-tu ?

Il n'y a pas que les parents qui doivent protéger les enfants et les aider à grandir. Il y a aussi les adultes à l'école, au sport, en colonie... Partout, si un enfant est malheureux ou menacé, des adultes pourront l'aider : le plus important est d'en parler. Il existe même un numéro de téléphone, le 119 (Allô Enfance en danger), que tu peux appeler gratuitement pour avoir des conseils si tu as un gros souci, pour toi ou un copain, ou si tu es en danger...

Mais les enfants n'ont **pas exactement les mêmes droits** que les adultes : par exemple, ils n'ont pas le droit de voter ou de conduire ! Il faudra attendre la majorité, c'est-à-dire 18 ans en France. Et comme les enfants doivent encore grandir et qu'ils ne peuvent pas se débrouiller tout seuls, ils ont aussi besoin de protection et d'éducation. Normalement, ce sont les parents qui doivent remplir ce rôle. On parle d'**« autorité parentale »** pour expliquer le droit qu'ont les parents de décider à la place de leurs enfants ou de leur donner des ordres pour protéger leur santé ou leur sécurité. Mais seulement si c'est pour le bien de l'enfant ! En effet, l'autorité parentale doit être exercée dans l'intérêt de l'enfant.

CHAPITRE 4

MES COPAINS, MES RÉSEAUX

Peut-on être amis si on n'a pas la même religion ?

Pourquoi pas ? **La religion n'est qu'un aspect des personnes**. Un aspect tout à fait privé, d'ailleurs ! On peut parfois bloquer sur ce qu'on croit savoir, mais ce sont souvent des idées fausses, des préjugés. Si tu penses que ton ami n'est pas comme toi parce qu'il ne mange pas les mêmes plats, ne célèbre pas les mêmes fêtes… tu as peut-être tendance à juger que tes pratiques sont meilleures. Alors que chacun aurait tant à gagner s'il avait **plus de curiosité bienveillante**. Pose des questions à ton ami, découvre ce qu'il aime, et n'oublie pas que vous avez des points communs : l'envie d'aimer et d'être aimé, d'avoir des amis, de trouver votre chemin dans la vie…

« **Les religions sont comme des routes différentes convergeant vers un même point. Qu'importe que nous empruntions des itinéraires différents, pourvu que nous arrivions au même but.** »

Gandhi (1869-1948), guide politique et spirituel indien

De nombreuses religions ont **des valeurs communes**. Ces valeurs ne sont pas forcément exprimées avec les mêmes mots, et pourtant... Les trois religions monothéistes insistent sur le fait de faire le bien, que ce soit en rendant visite aux malades ou en donnant aux pauvres... On peut bien sûr élargir la question : non seulement deux personnes n'ayant pas la même religion peuvent être amies, mais **deux amis peuvent ne pas du tout partager les mêmes convictions**, parce que l'un sera croyant et l'autre athée. Que serait la vie si on ne fréquentait que les gens qui nous ressemblent ?

Demain, mon meilleur copain sera-t-il un robot ?

Quand tu te disputes avec ta meilleure amie ou ton meilleur copain, tu penses peut-être que tout serait plus simple si tu pouvais jouer avec un robot : toujours prêt à s'amuser, toujours de bonne humeur et toujours d'accord avec toi ! C'est normal, car les robots sont des **machines créées par l'homme** et programmées via un ordinateur pour effectuer des tâches précises. Certains ressemblent à des humains : ce sont des robots **humanoïdes**. D'autres prennent la forme de jouets (petits camions, animaux...) ou se cachent à l'intérieur d'un ordinateur pour jouer aux échecs ou aux cartes.

« **Dans vingt ans, je crois que les robots seront parmi nous, ils joueront avec nous, ils enseigneront, ils nous aideront à ranger les courses du supermarché.** »

David Hanson, fabricant américain de robots

Info +

Aibo, un petit chien robot, devrait bientôt arriver en France. Vendu depuis janvier 2018 au Japon, il s'adapte à sa famille d'adoption car c'est un « smart robot », un robot « intelligent ». Il reconnaît ses maîtres, aboie, bouge la queue, joue avec sa balle et retourne tout seul à sa base pour se recharger au bout de deux heures.

Dans le futur, les robots seront plus perfectionnés et tu pourras facilement **t'amuser avec eux.** Pour faire du sport par exemple : si ton robot est petit avec quatre pattes, vous pourrez faire la course, s'il a deux jambes, une bonne partie de foot, et s'il est habile de ses mains, un jeu vidéo animé. S'il sait lire, il pourra te raconter des histoires, t'aider à faire tes devoirs... Certains robots commencent même à être **intelligents** grâce à de nouvelles technologies. Mais il leur manquera une chose essentielle : **les émotions**. Tu ressens la joie, la tristesse, la colère... et ton meilleur ami aussi. Tu peux donc partager ces émotions avec lui, pas avec un robot.

C'est quoi, un réseau social dans la vraie vie ?

C'est tout simplement un groupe de personnes qui entretiennent des relations entre elles. Tu n'en avais peut-être pas conscience, mais tu fais partie de différents réseaux sociaux : il y a bien sûr ta famille, tes copains d'école ou de collège, mais aussi les copains que tu retrouves pendant les vacances, ceux du conservatoire ou du club de judo... Ces différents réseaux n'ont a priori aucun lien entre eux, ce qui ne t'empêche pas de faire du judo avec un copain de collège. **Internet n'a donc pas créé les réseaux sociaux !** Et les réseaux numériques comme *Facebook* ou *Twitter* ne vont certainement pas remplacer les réseaux de la vie réelle.

Le sais-tu ?

La loi du petit monde
Des chercheurs ont montré que chacun d'entre nous est seulement séparé par cinq personnes avec n'importe qui d'autre sur la planète. Qu'est-ce que ça veut dire ? Que quelqu'un, parmi les amis des amis des amis des amis de tes amis, est ami, par exemple, avec Justin Bieber ou Rihanna !

Et sur Internet, c'est différent ?

D'abord, les réseaux numériques ont ceci de particulier qu'ils mélangent souvent les relations des différents réseaux réels. Ainsi, parmi tes amis sur *Facebook*, tu peux très bien avoir quelques copains de ta classe, des élèves de ton cours de dessin, des cousins... Les réseaux sociaux numériques sont souvent plus étendus. Les amis de tes amis deviennent vite tes amis : c'est très facile d'entrer en relation avec d'autres personnes qui ont les mêmes centres d'intérêt ou les mêmes goûts que toi. Il suffit de leur envoyer une invitation pour qu'ils rejoignent ton groupe d'amis ou d'accepter leur invitation.

Faut-il être ami avec ses parents sur *Facebook* ?

Si tu as moins de 13 ans, tu n'es pas censé avoir un compte *Facebook*. Et tu as tout intérêt à faire tes premiers pas sur les réseaux avec tes parents, soit en les prenant comme amis, soit en paramétrant ton compte avec eux et en leur montrant un peu ce que tu fais. Rien ne t'empêchera par la suite de sélectionner, grâce aux listes d'amis, ce qu'ils pourront voir de ton compte !

À quoi ça sert, en fait, les réseaux sociaux ?

Cela dépend beaucoup des réseaux.
Chacun a sa spécificité mais, globalement, les réseaux sociaux ont cinq fonctions principales. Ils te permettent de :

1 – te présenter. C'est ce que tu fais lorsque tu crées un profil. Certaines informations sont obligatoires, comme ton nom d'utilisateur, qui peut être un pseudo selon les sites ; ton adresse mail, indispensable pour te connecter au réseau (mais elle peut, et doit, rester masquée). D'autres sont facultatives, comme la photo, la ville où tu habites, la liste de tes goûts ou de tes activités…

2 – partager des contenus : articles, liens Internet, photos, vidéos… Tu peux être actif sur les réseaux sociaux et publier des contenus, ou te contenter de regarder ce que publient les autres.

3 – commenter ces contenus : par un simple « like » (j'aime) ou par un message. Encore une fois, libre à toi de participer ou non.

Nous sommes tous sur plusieurs réseaux sociaux : 3,5 en moyenne en France !

4 – rechercher des contacts et te mettre en relation avec eux. Pas de réseau social sans mise en relation ! À toi de voir si tu as envie de retrouver des amis que tu as perdus de vue, de rester en contact avec ta famille ou tes copains de collège... Certains contenus sont publics, d'autres non : pour accéder à ces contenus, il faut alors faire partie du réseau et faire une demande de mise en contact.

5 – être tenu au courant des publications de ton réseau. Tu reçois généralement des notifications.

Quels sont les principaux réseaux sociaux ?

Tout dépend de ce qu'on appelle un réseau social !

Eh oui, les gens ne mettent pas tous la même chose sous ce nom-là. Ainsi, pour certains, *YouTube, WhatsApp, Skype* sont des réseaux sociaux, pour d'autres non. De plus, les classements changent d'une année sur l'autre avec l'apparition de nouveaux réseaux, comme *Ask* en 2011, *Vine* en 2012, *TikTok* en 2016… Avec, chaque fois, de nouvelles promesses.

Quant aux réseaux sociaux plus anciens, ils se mettent au goût du jour : ils intègrent des fonctionnalités qui ont fait le succès d'autres réseaux.

Par exemple, *Instagram*, qui était dédié aux photos, permet aujourd'hui le partage de vidéos.

Info +

Le top 5 mondial en 2020 :
1. *Facebook*
2. *YouTube*
3. *Instagram*
4. *TikTok*
5. *Qzone*

Le sais-tu ?

Les jeunes désertent *Facebook* ?

Avec plus de 2,7 milliards d'utilisateurs actifs dans le monde, *Facebook* est de loin le premier réseau social. Mais il serait de moins en moins fréquenté par les « jeunes », car leurs parents et leurs grands-parents y sont : ils n'ont pas envie de se faire espionner !

Parmi les réseaux sociaux, on peut distinguer :

– les réseaux généralistes, comme *Facebook, Google+, Copains d'avant...*

– les réseaux professionnels, comme *LinkedIn ou Viadeo.*

Peut-être tes parents les utilisent-ils ?

Ce qui compte avant tout dans ces sites, c'est **la mise en relation**.

– les sites spécialisés dans la publication de blogs (*Tumblr, Skyblog*) ou la micropublication (*Twitter, Pheed*) ; dans le partage de photos (*Instagram, Pinterest, Snapchat, Flickr*), de vidéos (*YouTube, Dailymotion, TikTok*), de musique (*Deezer, Spotify*)...

Ce qui prime dans ces sites, c'est **le contenu**.

– les outils de discussion *(Messenger, Skype, WhatsApp).*

Mais pourquoi ne pas considérer les sites collaboratifs comme *TripAdvisor* (communauté de voyageurs) ou *Babelio* (communauté de lecteurs) comme des réseaux sociaux ? Après tout, on crée un profil, on publie des critiques, on donne des notes...

Pourquoi faut-il avoir au moins 13 ans pour s'inscrire sur les réseaux sociaux ?

Au-delà des réseaux sociaux réservés aux adultes, comme les réseaux professionnels, un certain nombre d'entre eux sont accessibles à partir de 13 ans. Pourquoi cet âge ? Parce que ces sites sont américains, et qu'une loi, aux États-Unis, interdit l'utilisation à des fins commerciales des données concernant les mineurs de moins de 13 ans. C'est vrai pour *Facebook*, mais aussi pour tous les réseaux sociaux américains : *Twitter*, *Instagram*, *Pinterest*, ou encore *Snapchat* ! Cela vaut aussi pour le site chinois *TikTok*. Désormais, les réseaux sociaux demandent la date de naissance de l'utilisateur et refusent l'ouverture du compte s'il n'a pas l'âge requis, mais rien n'empêche de créer un compte en mentant sur son âge : aucune vérification n'est faite !

Si en France l'ouverture d'un compte n'est autorisée qu'à partir de 13 ans, c'est parce qu'on considère qu'un enfant plus jeune n'a pas la **maturité** suffisante et que, sauf exception, il ne connaît pas les **bonnes pratiques** pour utiliser sans risques les réseaux sociaux.

Un petit test ? Sais-tu que tes publications sont lisibles par tout le monde si tu ne penses pas à modifier les paramètres de confidentialité ? Qu'il est très difficile d'effacer complètement des données sur Internet ? Que pour publier une photo de l'un de ses amis, il faut lui demander l'autorisation ? Ce n'est pas tout. Tu risques aussi d'être confronté à des contenus qui ne sont pas de ton âge, comme des photos ou des vidéos violentes ou à caractère pornographique. Tu peux même faire de mauvaises rencontres sur les réseaux sociaux et notamment être la proie de cyber-pirates.

Alors, si tu n'as pas 13 ans, attends un peu avant d'aller sur les réseaux sociaux… Ou au moins fais-le avec l'aide et l'accord de tes parents.

Que peut-il m'arriver sur les réseaux sociaux ?

Si les réseaux sociaux offrent de nouvelles possibilités d'échanges, ils présentent aussi des risques, surtout pour les plus jeunes. Attention…

– **à l'usurpation d'identité** (le fait de se faire passer pour toi), qui peut prendre plusieurs formes :

• la **création d'un faux profil** reprenant des éléments de ta vie privée, accessibles sur ton vrai profil ;

• le **piratage** du vrai compte par hameçonnage (ou *phishing*) : tu reçois un message d'une source officielle te demandant de lui fournir, par exemple, ton identifiant et ton mot de passe pour maintenir ton compte.

Les cyber-pirates en profiteront alors pour utiliser ton réseau et tenter, grâce à des arnaques, d'obtenir de l'argent, ou encore de diffuser des liens vers des sites contenant des virus…

– aux pédophiles

Les réseaux sociaux sont leur nouveau terrain de chasse. Il n'y a pas plus de risques de tomber sur des individus louches sur Internet que dans la vraie vie, mais comme tu te trouves derrière un écran d'ordinateur, tu te crois à l'abri. Or, quand tu acceptes un inconnu comme ami et discutes avec lui sur un réseau social, tu ne sais pas s'il correspond au profil affiché. Un pédophile peut parfaitement se faire passer pour une adolescente de 12 ans et manipuler un garçon du même âge pour qu'il se déshabille devant sa webcam ou accepte un rendez-vous.

– au cyber-harcèlement

Harceler quelqu'un, c'est s'acharner à l'humilier en le tournant en ridicule, en l'injuriant, en le menaçant. Le harcèlement existe dans la vraie vie, mais il s'exprime aussi sur les réseaux sociaux. Le cyber-harcèlement a ceci de particulier qu'il n'a pas lieu devant quelques élèves seulement, mais sur l'ensemble d'un réseau social. Derrière son écran, le harceleur se sent en sécurité : il ne se trouve pas en face de toi, ni exposé à ta colère ni à ta souffrance, qui pourrait, dans la vie réelle, le faire changer d'attitude. Le cyber-harcèlement peut conduire à des tragédies. Dans tous les cas, si tu as un doute sur la conduite à tenir, parles-en à tes parents !

Comment je peux limiter les risques sur les réseaux sociaux ?

Il y a quelques règles simples à suivre, qui valent d'ailleurs autant pour les adolescents que pour les adultes !

Sur la confidentialité

– Donne le minimum d'informations personnelles. Surtout ni adresse, ni numéro de téléphone, ni e-mail.
– Choisis un bon mot de passe (difficile à trouver, pas trop compliqué à retenir) et ne le communique à personne. **Personne !**
– Règle tes paramètres de confidentialité *Facebook* sur **« Amis »** et surtout pas sur **« Public »**. Fais la même chose sur les autres réseaux.
– N'oublie pas de te déconnecter quand tu as fini ta session.
– Fais très attention aux personnes que tu acceptes dans tes contacts. Limite-toi autant que possible aux personnes que tu connais. Ne te lance pas dans une course aux amis !

Le sais-tu ?

Paramétrer ton compte *Facebook*

Il y a deux bonnes raisons de le faire : la première, c'est de limiter le nombre de gens qui ont accès à tes publications. Mais la seconde est tout aussi importante : si ton profil est paramétré sur « Public », *Facebook* devient le propriétaire de tous les contenus que tu as publiés. Rien ne l'empêcherait alors d'utiliser tes photos de vacances à des fins publicitaires ! Selon la loi, seules les publications réservées aux « amis seulement » sont considérées comme privées.

Sur la publication

Tu es libre de publier ce que tu veux dès lors que tu respectes :

– la loi sur la liberté d'expression (tu ne peux pas publier d'injures ou de propos racistes par exemple) ;

– le droit d'auteur (pour publier des textes, des photos ou des vidéos qui ne t'appartiennent pas, tu dois obtenir l'autorisation des auteurs, et éventuellement payer des droits) ;

– le droit à l'image (avant de publier la photo ou la vidéo d'une autre personne, tu dois t'assurer que cette dernière est d'accord).

De manière générale, ne publie pas ce que tu ne voudrais pas que tes parents ou tes professeurs voient. Rien ne s'efface vraiment sur Internet.

Pour mon profil, je prends un pseudo ou je crée un avatar ?

Cela dépend des réseaux sociaux ! Par exemple, *Facebook* s'appuie sur l'identité réelle de chaque utilisateur. Pourquoi ? Tout simplement parce que l'on cherche d'abord à retrouver d'anciens amis perdus de vue ou à discuter avec ses copains de la vie réelle. C'est plus difficile si l'on se cache derrière un pseudo ! Puis les propos que l'on tient quand on publie sous sa propre identité sont à la fois plus nuancés et moins fantaisistes que lorsqu'on publie sous un pseudo. Sur des réseaux sociaux où le pseudo est la règle, les utilisateurs n'hésitent pas à « se lâcher » : ils disent des choses qu'ils ne diraient pas s'ils apparaissaient sous leur vrai nom.

Et pour la photo du profil ?

Certains recommandent aux adolescents de se créer un avatar plutôt qu'une vraie photo. Cela évite qu'elle « traîne » sur Internet. Pourquoi pas ? En plus, c'est plus amusant.

Comme mot de passe, je choisis le nom de mon chat ?

Ah non, il vaut mieux éviter !

De même, tout ce qui a un rapport avec toi : ta date de naissance, le nom de ton collège, etc. Si l'un de tes camarades était tenté de lire tes messages sur *Facebook*, il pourrait peut-être découvrir le mot de passe. Ce qu'il faut, idéalement, c'est une combinaison de lettres (majuscules et minuscules) et de chiffres. Au moins, huit signes. N'hésite pas à ajouter des caractères spéciaux, comme un point, un guillemet ou une parenthèse. Le problème, c'est qu'il faut le mémoriser. C'est d'autant plus difficile qu'il va te falloir plusieurs mots de passe : eh oui, il est déconseillé d'utiliser le même sur les différents réseaux sociaux ! Une dernière chose, ne le fais pas mémoriser par ton navigateur (Chrome, Firefox, Safari) car si quelqu'un utilisait ton ordinateur ou ton portable, il n'aurait plus besoin du mot de passe pour accéder à ton compte !

Le sais-tu ?

Des phrases de passe ?

Certains les recommandent à la place des mots de passe : c'est plus long, donc plus difficile à trouver, et plus facile à retenir qu'un mot de passe avec des caractères spéciaux ! Mais si tu prends le titre d'un livre, change l'ordre des mots, et n'hésite pas, encore une fois, à ajouter un caractère spécial.

Je peux publier tout ce que je veux sur les réseaux ?

Certainement pas !
D'abord, parce qu'il y a des lois qui encadrent la liberté d'expression : on ne peut pas tout dire ! Tu serais puni par la loi (ou plutôt tes parents, qui sont responsables de toi, car tu es mineur) si tu publiais sur ton mur *Facebook*, ou sur le mur d'une autre personne, des propos insultants (dire de tel prof qu'il est nul ou de telle copine qu'elle est moche), ou diffamatoires (insinuer que tel camarade a triché à l'interro). Tu serais également puni si tes propos incitaient à la violence, au racisme ou à l'homophobie. Tu ne peux pas non plus publier des textes, des images, ou des vidéos dont tu n'es pas l'auteur à moins d'en avoir obtenu les droits.

En dehors de cette question légale, tu dois aussi te demander dans quelle mesure ce que tu as l'intention de publier pourrait être gênant pour toi, maintenant, ou dans plusieurs années. Car sur Internet, rien ne s'efface complètement. Avant de publier un post, demande-toi : est-ce que tu as envie que tes parents te voient en train de faire un doigt d'honneur, ou que ton prof lise ce que tu écris sur lui ?

Pour limiter les risques, commence par paramétrer ton compte : à toi de décider qui pourra lire tes publications. Sur certains réseaux sociaux, tu peux aussi créer des listes d'amis et, pour chaque publication, choisir parmi ces amis ceux qui y auront accès.

Dans tous les cas, sois prudent. Malgré le paramétrage de ton compte, qui sait si des ami(e)s ou des petit(e)s ami(e)s d'aujourd'hui ne vont pas, des années plus tard, après une dispute, utiliser tes publications pour se venger ?

Alors, un bon conseil, réfléchis avant de cliquer !

Au vu de ces images, vous comprendrez que je sois dans l'obligation de rejeter votre candidature à ce poste de gardien de troupeaux !

Est-ce qu'il faut croire tout ce qu'on me dit sur les réseaux sociaux ?

Non, non, trois fois non !

Tout d'abord, sur les réseaux sociaux, même si on se présente sous sa vraie identité, on a tendance à se montrer sous un jour plus flatteur que dans la réalité : on choisit sa photo avec soin, on ne raconte que ce qui nous met en valeur et, si on se moque de soi-même, c'est avant tout pour faire rire... Chacun a envie d'être apprécié. Pour avoir des « likes », on est prêt à s'inventer une vie plus belle qu'elle ne l'est réellement. Et cela vaut particulièrement pour les adolescents. Quant aux discussions sur des sujets de fond, ce sont souvent des opinions, des mouvements d'humeur qui n'engagent que leurs auteurs. On peut parler d'un sujet sans être vraiment un spécialiste et, donc, dire de grosses bêtises !

Plus grave, les réseaux sociaux sont friands de rumeurs. Des rumeurs sur des camarades de collège ou des profs par exemple. Elles se propagent à toute vitesse et font de terribles dégâts. Et pourtant, souvent, elles ne sont pas fondées, ou elles ne correspondent qu'à une partie de la vérité. Avant de commenter ou de partager ces informations, réfléchis bien.

Selfie d'un rescapé du Titanic (1912)

Plus généralement, les réseaux sociaux se délectent de tout ce qui est de l'ordre du sensationnel, du scandale : des informations tellement incroyables ou révoltantes qu'on a envie de les partager en toute bonne foi, sans penser à vérifier ses sources. Et pourtant, ce sont souvent de fausses informations montées de toutes pièces ; des canulars, des « hoax », pour reprendre le terme anglais : fausses alertes au virus, fausses promesses, fausses informations présentées d'une façon qui nous pousse à y croire : photo choc complètement truquée, article argumenté faussement scientifique... Ces « hoax » polluent les réseaux sociaux. Avant de relayer ce type de nouvelles, pense à regarder sur le site *hoaxbuster.com.* Tu en auras le cœur net !

Est-ce que je peux mettre en ligne n'importe quelle photo ?

Eh non !

Ni les photos prises par quelqu'un d'autre, elles sont protégées par le droit d'auteur. Pour les utiliser, tu dois obtenir l'autorisation du photographe, à moins qu'elles ne soient libres de droits. Dans ce cas, c'est précisé. Ni, en vertu du droit à l'image, les photos que tu as prises et sur lesquelles apparaissent une ou des personnes reconnaissables. Que l'image soit flatteuse ou non, ce n'est pas à toi d'en juger. Pour publier une photo, tu dois demander le consentement de chacune des personnes représentées. D'ailleurs, tu aimerais sans doute qu'on en fasse autant à ton égard. Une fois sur les réseaux, les photos circulent vite, et on ne sait jamais comment elles seront utilisées. Bien sûr, rares sont ceux qui prennent toutes ces précautions. Mais plus on est prudent, moins on a d'ennuis ! Si malgré tout la photo est publiée et qu'elle n'est pas du goût de la personne photographiée, celle-ci peut te demander de la retirer de ton mur *Facebook*. Cela vaut bien sûr aussi pour toi si tu vois une photo qui ne te plaît pas sur le mur de quelqu'un d'autre.

Et si je tombe sur des images choquantes ?

Dès lors que tu es en relation avec des adultes sur les réseaux sociaux, il y a un risque que tu tombes sur des contenus inappropriés : images violentes ou pornographiques.
Les risques sont accrus si tu entres en contact avec des inconnus : de nombreux (faux) comptes sont dédiés à la pornographie. Cela dit, certaines images viennent parfois d'adolescents qui, pour se rendre intéressants, n'hésitent pas à filmer et à partager leurs ébats sexuels ou les agressions dont ils sont les témoins ou les complices. Si tu es confronté à des images choquantes, quitte la page ou le navigateur de ton ordinateur, et parles-en à tes parents ou à un adulte de confiance. Les photos et vidéos pornographiques donnent une image de la sexualité qui ne correspond pas à la réalité, et elles peuvent être très perturbantes. Selon le réseau, il est possible de bloquer ou de signaler le compte qui a publié ces images.

Est-ce que je peux entrer en contact avec des stars ?

Oui. Il est très facile de s'abonner aux comptes *Twitter* ou *Instagram* de tes stars favorites ou d'aimer leur « fan page » *Facebook*. En revanche, n'espère pas trop qu'elles te suivent en retour ou qu'elles répondent à tes posts ! Même si elles le voulaient, où trouveraient-elles le temps avec leurs dizaines de millions d'abonnés ou de fans ?! Souvent, c'est un « community manager » qui gère leur image sur les réseaux et qui publie à leur place. Mais lorsqu'une star écrit elle-même ses tweets, comme la chanteuse Katy Perry, elle n'en a que plus de succès sur les réseaux.

Justin Bieber a 88 millions de beliebers sur *Facebook*, 170 millions sur *Instagram* et 114 millions sur *Twitter* !

Le sais-tu ?

Des tweets qui valent de l'or !
Avec leurs millions de fans sur les réseaux sociaux, les stars intéressent les marques. Ainsi, le footballeur Cristiano Ronaldo aurait été payé 230 000 euros pour un tweet vantant les mérites d'un parfum !

Pour les stars, les réseaux sociaux sont un moyen fantastique de s'adresser directement à leurs fans : elles les informent de leur actualité (futurs concerts, albums en préparation, dédicaces...) ou se font mousser en partageant les critiques élogieuses. Certaines n'ont pas de secrets pour eux et les font même entrer dans leur cuisine... ou leur chambre à coucher à travers les photos ou les vidéos qu'elles postent sur *Instagram*.

Info +

Les champions des réseaux sociaux (en 2021) :
- *Facebook* : Cristiano Ronaldo et Shakira (respectivement 124 et 112 millions de fans)
- *Twitter* : l'ancien président américain Barak Obama (130 millions d'abonnés)
- *Instagram* : Cristiano Ronaldo et *Ariana Grande* (respectivement 276 et 231 millions d'abonnés)
- *YouTube* : le gamer PewDiePie (109 millions d'abonnés)

C'est facile de se faire des amis sur *Facebook* ?

Il n'y a rien de plus facile !

Une fois ton compte créé, commence par rechercher tes meilleurs amis sur le moteur de recherche. Pour les retrouver, il faut bien sûr qu'ils soient sur *Facebook* et qu'ils n'utilisent pas de pseudo. Une fois qu'ils ont accepté ton invitation, *Facebook* affiche les profils d'autres personnes susceptibles de devenir tes amis. Il suffit de cliquer dessus pour leur envoyer une invitation. De la même façon, tu peux recevoir des invitations et les accepter ou non. *Facebook* est souvent le prolongement de ton carnet d'adresses réel : il te permet d'entretenir des relations avec ta famille, tes amis, tes copains de vacances… N'accepte comme amis que des gens que tu connais et apprécies. C'est le meilleur moyen d'éviter les ennuis : mauvaises rencontres, utilisation mal intentionnée de tes statuts… Et si tu te rends compte que tu as trop d'amis sur Facebook, n'hésite pas à en supprimer certains. Ils ne le sauront même pas : ils disparaîtront de ta liste d'amis, et toi, de la leur.

« Le nombre moyen d'amis en France est de 177. »

Le sais-tu ?

La course aux amis

Parfois, sur les réseaux sociaux, c'est à celui qui aura le plus d'amis : 300, 500, 1 000 ; plus on aurait d'amis, plus on serait populaire. Mais est-ce si flatteur d'être l'ami de quelqu'un qui a autant d'amis ? Ce qui compte en amitié, c'est la qualité des relations, pas la quantité !

Quand tu acceptes comme ami quelqu'un que tu ne connais pas, dis-toi qu'il accède exactement aux mêmes informations que ton meilleur ami.

Est-ce que ça se passerait ainsi dans la vraie vie ? Non, bien sûr ! Il y a une façon de distinguer ces différents degrés d'amitié, c'est de créer des **listes d'amis**. *Facebook* propose d'ailleurs de distinguer les **« amis proches »** des simples **« connaissances »**. Cela te permet notamment, lorsque tu publies un statut, de choisir les amis proches si les informations données sont un peu trop personnelles pour être lues par tous les « amis ».

Qu'est-ce que l'on fait sur *Instagram* ?

Instagram est un **service de partage de photos** – et de vidéos depuis 2013 – disponible sur mobiles. Le nom serait un mot-valise formé des mots anglais « instant » et « telegram » : des photos que tu prends et envoies dans l'instant. Une fois que tu t'es identifié sur *Instagram*, tu arrives sur la page d'accueil où apparaissent les photos et les vidéos des utilisateurs auxquels tu t'es abonné : amis, blogueurs, stars… Tu peux « liker » ou commenter leurs photos. Tu peux aussi partager tes propres photos et vidéos avec tes abonnés. Pour poster une photo sur Instagram, tu dois d'abord prendre une photo soit par le biais de l'application, soit en chargeant une photo à partir de ton Smartphone. Ensuite, tu as la possibilité de modifier l'aspect de ta photo en ajoutant des filtres (noir et blanc, sépia…). C'est ce qui a fait, entre autres, le succès d'*Instagram*.

« Instagram invite à la pratique de la « phonéographie » : la photographie avec un téléphone mobile. »

Info +

Instagram en bref :
- créé en 2010, racheté par *Facebook* en 2012
- 1,2 milliard d'utilisateurs actifs mensuels dans le monde (fin 2020)
- 276 millions d'abonnés au compte du footballeur Cristiano Ronaldo (avril 2021)

Qu'est-ce que l'on fait sur *Snapchat* ?

Snapchat est une application de **partage de photos et de vidéos** disponible sur mobiles. Elle permet d'envoyer des messages avec des images ou vidéos qui s'effacent automatiquement au bout de 1 à 10 secondes (la durée est choisie par l'utilisateur). Il est possible d'appliquer des filtres de couleur et surtout de dessiner sur ses photos, notamment sur ses selfies : sur *Snapchat*, on ne se prend pas au sérieux ! *Snapchat* permet également aux utilisateurs de **créer une « story »** : une juxtaposition de plusieurs photos ou vidéos formant une histoire. Une « story » peut être vue autant de fois que l'utilisateur le souhaite, mais chaque élément qui la compose a une durée de vie de 24 heures. Attention à ne pas poster n'importe quelle photo sous prétexte qu'elle s'effacera. En effet, n'importe qui peut la « screener », c'est-à-dire faire une capture d'écran !

« Le logo est un petit fantôme qui évoque les images fantômes de l'application. »

Info +

Snapchat en bref :
- créé en 2011
- 265 millions d'utilisateurs quotidiens (fin 2020)
- 3,5 milliards de « snaps » échangés chaque jour dans le monde (fin 2020)

Comment ça marche *YouTube* ?

YouTube est un **site web de partage de vidéos**. Comme tu le sais sans doute, tous les internautes peuvent visualiser les vidéos du site ; en revanche, pour poster un commentaire ou noter les vidéos, il faut avoir un compte *Google+*. Les vidéos sont accessibles par catégorie (musique, jeux, films...) ou à l'aide de mots-clés (chat, football...). Quand tu regardes une vidéo, d'autres en rapport avec celle que tu visionnes te sont proposées dans une barre défilante.

Info +

La vidéo au top : le 2 novembre 2020, *Baby Shark* de Pinkfong devient la vidéo la plus visionnée sur *YouTube* devant *Despacito* de Luis Fonsi et Daddy Yankee, restée 3 ans au top. En février 2021, elle atteint le seuil des 8 milliards de vues.

Info +

YouTube en bref :
- créé en 2005
- racheté par Google en 2006
- 2 milliards d'utilisateurs actifs mensuels dans le monde (fin 2020)

Le sais-tu ?

Tremplin !
Comme le succès attire le succès, les stars de *YouTube* rencontrent leurs fans dans des meet-up (EnjoyPhoenix), passent de la vidéo à la scène (Norman) ou se voient ouvrir les portes des maisons d'édition (Natoo et son faux magazine de mode, Cyprien et sa BD...).

À chacune est attaché un compteur de vues, de « likes » (j'aime) et de « dislikes » (je n'aime pas).
Si tu es inscrit, tu peux aussi t'abonner à des chaînes *YouTube*, et être ainsi tenu au courant de la publication de nouvelles vidéos. Neuf des dix vidéos les plus vues sur *YouTube* sont des clips musicaux. Les chaînes *YouTube* des « gamers » dédiées aux jeux vidéo et les chaînes humoristiques sont également très populaires.
YouTube gagne beaucoup d'argent grâce aux publicités insérées avant les vidéos. Une partie, qui correspond à un pourcentage calculé à partir d'un nombre de vues, est reversée au youtubeur. Certains, comme Cyprien ou Norman, gagnent très bien leur vie mais cela reste nettement moins que leurs confrères anglo-saxons, la langue anglaise touchant beaucoup plus d'internautes ! Si tu veux, toi aussi, mettre en ligne des vidéos, tu dois créer ta chaîne *YouTube*. Attention, il faut impérativement que les contenus t'appartiennent ou que tu aies les droits d'utilisation (de la musique, par exemple). Si ce n'est pas le cas, ta vidéo risque d'être retirée de *YouTube*.

Convention de Genève

CHAPITRE 5

HABITANT DU MONDE

À quoi ça ressemblerait, un monde sans lois ?

Même si cela n'a jamais réellement existé, tu peux imaginer un monde sans règles : chacun pourrait faire ce qu'il veut, sans **aucune contrainte extérieure**. Imagine qu'un matin, tu te réveilles dans un tel monde. Tu te dis : « Youpi ! c'est la liberté, je ne vais pas à l'école ! » Tu décides alors d'aller au cinéma, mais en chemin quelqu'un te menace et te vole ton portefeuille... Pas la peine d'appeler un policier, ça n'existe pas dans un monde sans lois ! Dépité, tu rentres chez toi, et là tu te rends compte que ta maison est squattée par ton voisin, qui trouve que ta chambre est beaucoup plus belle que la sienne. Comme il est **plus costaud** que toi, aucun moyen de le faire partir. Finalement, cette journée ne s'annonce pas aussi agréable que prévu : tu n'es pas sûr de trouver tout ça très **juste**, ni de te sentir très **libre** ! Comme tu vois, l'existence de règles peut aussi contribuer à **éviter la violence**, et à assurer la **justice** et l'**égalité**, ce qui au final nous garantit une certaine **liberté**. Car il est difficile de se sentir vraiment libre si on est soumis à « **la loi du plus fort** » !

Certaines règles sont-elles plus importantes que d'autres ?

Bien sûr me diras-tu, **toutes les règles ne se valent pas** : « ne pas marcher sur la pelouse » est moins important que « ne pas voler au supermarché ». D'ailleurs, la sanction sera **proportionnée** à l'importance de l'infraction. Mais si tu ne dis pas bonjour en entrant dans un magasin, tu n'auras pas d'amende ! Pour autant, est-ce que cela signifie que les règles de politesse, par exemple, ne sont pas importantes ? Il y a naturellement une **hiérarchie** des règles qui nous entourent, mais elle n'est pas toujours évidente, ni **universelle**. D'ailleurs, selon les **pays** et les **époques** de l'histoire, les règles et les usages vus comme « importants » sont loin d'être toujours les mêmes ! Tout en ayant conscience des lois en vigueur là où tu vis, il t'appartient aussi de **réfléchir** à la **raison d'être de chaque règle**, et de développer une **morale personnelle** : ta propre conception de ce qui est important et juste, tes propres **priorités**.

Certaines lois perdent leur raison d'être avec le temps. On dit alors qu'elles tombent en désuétude, ou deviennent caduques : on ne les applique plus.

Qui est riche, qui est pauvre ?

Le niveau de richesse ou de pauvreté dépend beaucoup du pays dans lequel on vit, car **l'argent est très mal réparti sur la planète**. Plusieurs éléments permettent de mesurer la richesse d'un pays. Le produit intérieur brut (PIB) par habitant est le plus connu : **c'est le total de toutes les richesses produites** par un pays en une année, divisé par son nombre d'habitants. On constate que les pays pauvres, ceux dont le PIB est faible ou moyen, se situent pour la plupart dans l'hémisphère sud (Afrique, Asie du Sud...) ; les pays riches, ceux dont le PIB est élevé, sont principalement situés dans l'hémisphère nord (Amérique du Nord, Europe...).

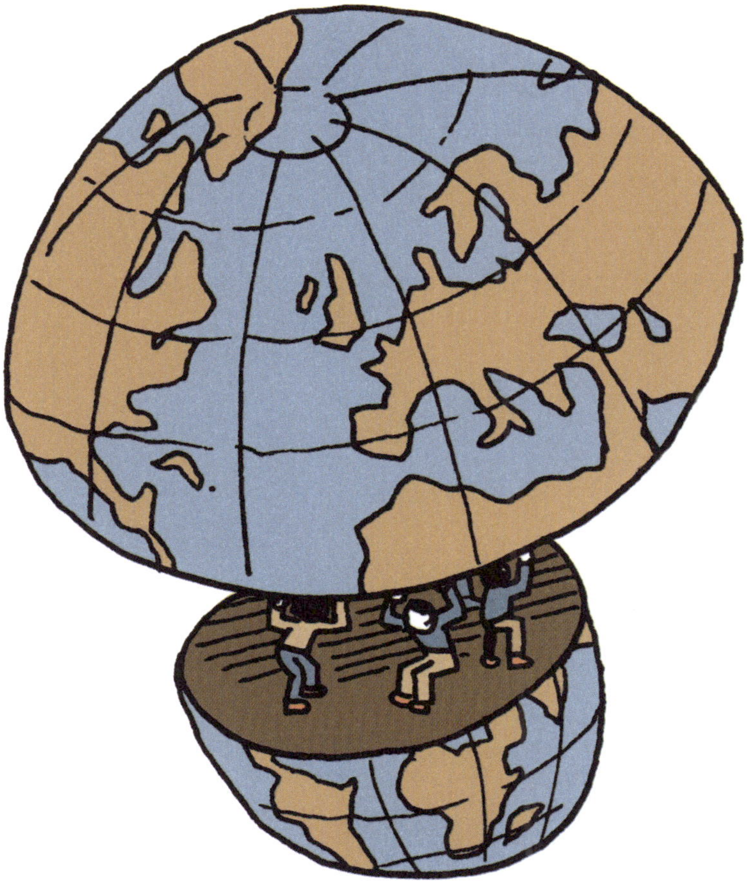

Le sais-tu ?

Le produit intérieur brut (PIB)
Le produit intérieur brut par habitant donne une idée du niveau de vie d'un pays. Ainsi, en 2019, le Burundi (Afrique), l'un des pays les plus pauvres du monde, produisait l'équivalent de 260 euros de richesses par an et par habitant, alors que le Luxembourg (Europe) en créait près de 95 000 euros, environ de 430 fois plus !

Dans un certain nombre de pays d'Afrique ou d'Asie, une partie de la population ne mange pas à sa faim, n'a pas accès à l'eau potable, est très mal logée, etc. Cette **pauvreté « absolue »** n'est pas comparable à celle que l'on connaît dans les pays riches, même si cette dernière est tout aussi révoltante. Malgré un net recul de l'extrême pauvreté dans le monde depuis trente ans, **1 humain sur 10** (soit plus de 700 millions de personnes) **vit encore avec moins de 1,80 euro** (1,90 dollar) par jour. Cela n'empêche pas qu'il y ait des gens riches, et même très riches, dans les pays les plus pauvres, et des pauvres dans les pays les plus riches.
Un chiffre résume bien **l'inégalité de richesses** sur la planète : 1 % de la population mondiale possède presque autant que les 99 % restants.

Pourquoi paie-t-on des impôts ?

Souvent, les gens disent qu'ils paient trop d'impôts. Sans doute parlent-ils de **l'impôt sur le revenu**... C'est l'impôt que l'on paie sur tout ce que l'on a gagné au cours d'une année : salaires, loyers, intérêts, etc. Cet impôt a pour but de corriger les inégalités en taxant progressivement les revenus : ceux qui gagnent beaucoup d'argent paient plus d'impôts que les autres. Quant aux gens ayant les revenus les plus modestes, ils n'en paient pas. Cela représente aujourd'hui plus de la moitié des foyers français.

Mais **il y a bien d'autres impôts** que l'impôt sur le revenu : l'impôt sur les sociétés payé par les entreprises, l'impôt sur la fortune immobilière (IFI) dû par les plus riches, les impôts locaux que chacun paie dans la ville où il habite. Et puis il y a la TVA (taxe sur la valeur ajoutée), une taxe que tout le monde paie sur ses achats.

Les impôts alimentent les caisses de l'État. En France, la TVA représente à elle seule la moitié de cet argent !

C'est vrai qu'en France, si on compte aussi les cotisations prélevées sur les salaires, on paie beaucoup d'impôts, en tout cas plus que dans d'autres pays d'Europe. C'est ce qui peut conduire des gens (parmi les plus riches) à quitter la France pour s'installer dans un pays où ils paieront moins d'impôts. Mais est-ce trop d'impôts pour autant ? Tout dépend du **service que l'État offre aux citoyens** ! Les impôts permettent, entre autres, de payer les quelque cinq millions de fonctionnaires (enseignants, policiers, juges, soldats, infirmières...) qui travaillent au service de l'État. Et si l'école est gratuite, que l'on peut se faire soigner pour pas cher, que les rues et les routes sont entretenues, que l'armée peut intervenir dans certaines régions du monde, que la police veille à notre sécurité, c'est grâce aux impôts que nous payons !

Le sais-tu ?

C'est quoi, la TVA ?

C'est une taxe prélevée sur tous nos achats. Si tu achètes une paire de baskets ou un téléphone portable, l'État prélèvera 20 % sur la somme payée. L'État ne prendra cependant que 5,5 % pour les produits de première nécessité, comme la nourriture, ou encore les livres, cette nourriture de l'esprit ! On considère souvent la TVA comme un impôt injuste, car elle touche de la même manière gens modestes et gens aisés.

D'où vient l'argent, s'il ne tombe pas du ciel ?

Pour avoir de l'argent, il faut en général travailler. Quand on occupe un emploi dans une entreprise, une usine, une boutique, **on perçoit un salaire** : un revenu correspondant aux missions effectuées dans le cadre de son contrat de travail. Ce revenu est plus ou moins élevé selon les qualifications requises pour le poste, son niveau d'études (éventuellement la réputation de son diplôme) et son expérience professionnelle. Mais d'autres facteurs entrent en jeu, comme le secteur d'activité, la taille de l'entreprise, la région où elle est implantée, ou encore le sexe du salarié. Comme tu le vois, d'un salarié à l'autre, **il peut y avoir de gros écarts de revenus**. Les gens qui travaillent ne sont pas tous salariés d'une entreprise. Les fonctionnaires (enseignants, bibliothécaires, policiers, juges...) sont payés par l'État et perçoivent un « traitement ». Dans de nombreuses professions (artisans, commerçants, médecins, artistes...), les revenus varient beaucoup d'un mois à l'autre, selon le niveau d'activité.

Info +

Les droits d'auteur sont payés en pourcentage des ventes de livres : plus un écrivain vend de livres, plus il touche de droits d'auteur.

Le sais-tu ?

Un nom pour chaque revenu !
Selon le métier que l'on exerce, le revenu que l'on touche porte un nom différent : un fonctionnaire perçoit un traitement, un avocat des honoraires, un écrivain des droits d'auteur, un journaliste des piges, un acteur des cachets, un commerçant des bénéfices, un soldat une solde...

En France, à poste égal, les femmes sont payées en moyenne 10 % de moins que les hommes, ce qui est contraire à la loi.

Travailler n'est pas la seule façon de gagner de l'argent. Ainsi, si l'on est propriétaire de biens immobiliers (appartements, maisons...), on peut les mettre en location et percevoir un loyer. On peut aussi prêter de l'argent et en toucher des intérêts. On peut encore placer son argent en Bourse et acheter des parts dans une entreprise (des actions) : si les performances de l'entreprise sont bonnes, on touchera une part sur les bénéfices à la fin de l'année.
Et si l'on décide de revendre les actions et que leur cours (leur valeur) a monté, on gagnera de l'argent. Parfois même, beaucoup d'argent. Mais on peut aussi en perdre énormément.

C'est quoi, un migrant ?

Un migrant est une personne qui quitte son pays pour s'installer dans un autre, pour quelques mois, quelques années, ou pour toute sa vie. Difficile de t'en dresser un portrait : il y a beaucoup d'histoires et de profils différents. Il y a des « **migrations volontaires** » : cela signifie que les gens choisissent de partir de chez eux. Souvent, c'est pour faire des études ou pour travailler. Certains font le tour du monde, ou décident de passer leur retraite au soleil. D'autres encore, malades, vont dans un pays pour s'y faire soigner. Une autre raison fréquente de départ est familiale : on peut se marier avec un étranger et le suivre dans son pays, ou rejoindre d'autres membres de sa famille.

Parfois, les migrants sont obligés de fuir pour sauver leur vie : ce sont des « **migrations forcées** ». Ces hommes, femmes et enfants partent pour échapper à des menaces graves, à la guerre, à la pauvreté extrême, ou encore à des catastrophes naturelles. Beaucoup restent dans leur pays mais vont dans une autre région, en attendant de pouvoir retrouver leur maison ; on les appelle des « **déplacés internes** ».

Dans le monde actuel, il y a 281 millions de migrants, soit 1 habitant sur 30, et presque la moitié sont des femmes. Parmi eux, 80 millions de personnes subissent une migration forcée : c'est plus que toute la population française.

Info +

Les expatriés quittent leur patrie : cela évoque plutôt des gens venant des pays riches, partis pour leur travail. Il y a ainsi 80 900 Français installés au Québec (Canada). C'est facile, car on y parle aussi français.

Migration / Émigration / Immigration : ces trois termes évoquent le même phénomène, d'un point de vue différent. La migration, c'est le déplacement d'une personne. L'émigration désigne son départ de son pays d'origine. L'immigration désigne son arrivée dans l'autre pays.

Et les réfugiés, ce sont aussi des migrants ?

OUI ! Parmi les migrants, **les réfugiés sont ceux qui ont dû s'enfuir** parce qu'ils ont peur pour leur vie : ils sont menacés par d'autres personnes dans leur pays d'origine. Beaucoup sont opprimés en raison de leurs opinions politiques ou religieuses. D'autres, parce qu'ils sont noirs… ou blancs, ou homosexuels, ou parce que ce sont des filles. Souvent, les réfugiés risquent d'être arrêtés et torturés si on les renvoie dans leur pays. Enfin, la guerre est une raison très fréquente qui force les humains à fuir. Elle détruit les maisons, les écoles, les hôpitaux, les magasins. Ainsi, depuis des années, la guerre est en Syrie, en Irak, en Afghanistan, en Libye. Dans ces pays, plusieurs millions d'habitants ont dû fuir dans les pays voisins.

Avant la Seconde Guerre mondiale, aucun État n'a voulu accueillir et protéger les juifs, et ils ont ensuite été massacrés. Alors, après la guerre, les États ont dit : « Plus jamais ça ! » Ils ont écrit la **convention de Genève de 1951 sur le statut des réfugiés.**

Info +

Marc Chagall, célèbre peintre d'origine russe, a été réfugié deux fois. D'abord, il est venu en France en 1933 pour fuir la politique en Russie. Ensuite, parce qu'il était juif, il a dû se réfugier aux États-Unis d'Amérique pendant la Seconde Guerre mondiale.

Ce texte de droit international définit le réfugié comme une personne « craignant avec raison d'être persécutée du fait de sa race, de sa religion, de sa nationalité, de son appartenance à un certain groupe social ou de ses opinions politiques ».
En signant ce texte, **145 États ont accepté de protéger les réfugiés**.
Plus tard, les États ont décidé de protéger aussi ceux qui fuient la guerre : en Europe, le statut pour ces personnes s'appelle « la protection subsidiaire ».

Et les enfants, ils migrent aussi ?

Plus de la moitié des migrants ont moins de 18 ans. Souvent, les enfants suivent leurs parents qui déménagent pour leur travail, leur santé ou leur sécurité. Parfois, les enfants partent seuls parce qu'ils n'ont pas d'autres choix. On les appelle des « **mineurs non accompagnés** » ou des « **mineurs isolés** ». Dans le monde, ils sont près de 300 000. Leur nombre a été multiplié par cinq entre 2010 et 2017. Certains enfants fuient la guerre ou d'autres persécutions. Plusieurs milliers de jeunes filles fuient des mariages forcés ou des mutilations. Empêcher les enfants d'aller à l'école et les forcer à travailler comme les adultes est une persécution. Mais les obliger à se lever le matin pour prendre leur cartable n'en est pas une !

L'excision est une mutilation du sexe pratiquée sur les jeunes filles. Cette pratique dangereuse est interdite dans une grande majorité de pays. Pourtant, 200 millions de femmes seraient excisées.

Info +

La Convention internationale des droits de l'enfant est un texte par lequel tous les États du monde (sauf les États-Unis) se sont engagés à respecter les droits des enfants. L'un des articles de cette convention garantit aux enfants le droit de demander l'asile.

Le droit international exige que les **États protègent les intérêts des enfants.** L'un des droits fondamentaux de l'enfant est de vivre auprès de ses parents. Ainsi, lorsqu'un adulte obtient l'autorisation de s'installer dans un nouveau pays, ses enfants mineurs ont le droit de venir le rejoindre. En pratique, ce **rapprochement familial** peut être très long, car il faut fournir beaucoup de documents. Et dans certains pays, notamment en Afrique, ces papiers n'existent pas.

Le droit d'asile, à quoi ça sert ?

Le droit d'asile sert à **obtenir une « protection internationale »** dans un autre pays. En effet, dans tous les cas de guerres et persécutions dont on t'a parlé, mais seulement dans ces cas-là, les migrants ont droit à une protection. Ils doivent donc demander l'asile à un autre État. La procédure peut être longue. Le demandeur d'asile doit souvent expliquer plusieurs fois, dans plusieurs bureaux et à plusieurs personnes, l'histoire de sa vie et les risques qu'il craint en cas de retour dans son pays. Parfois, la réponse est négative, si on ne croit pas qu'il est vraiment en danger. Enfin, pour ceux qui obtiendront un statut de réfugié (voir p. 140-141), le droit à l'asile est **une protection temporaire** : il dure jusqu'à ce que la situation dans leur pays change et que la menace disparaisse totalement.

Les apatrides n'ont pas de pays car aucun État ne leur a donné sa nationalité. Même s'ils ne sont pas persécutés, ils ne sont protégés par personne. Alors ils ont le droit d'obtenir la protection de leur État de résidence.

« Devant la persécution, toute personne a le droit de chercher asile et de bénéficier de l'asile en d'autres pays. »

Article 14 de la Déclaration universelle des droits de l'homme

La convention de Genève explique que celui qui demande l'asile a plusieurs droits. D'abord, il ne doit pas être mis en prison, même s'il est arrivé dans le nouveau pays sans autorisation d'y entrer. Pourtant, certains États le font quand même, comme la Hongrie ou les États-Unis. Ensuite, il ne doit pas être renvoyé dans son pays d'origine, s'il risque d'y subir des traitements inhumains : **c'est le principe de non-refoulement**. En France, l'administration qui écoute les demandeurs d'asile et qui décide de leur donner une protection s'appelle l'Ofpra : ça veut dire Office français de protection des réfugiés et apatrides.

Comment protège-t-on les réfugiés ?

Le **Haut-Commissariat des Nations unies pour les réfugiés (HCR)** est une agence internationale qui a pour mission d'aider les États à protéger les réfugiés. Dans les pays qui n'ont rien prévu pour les réfugiés, le HCR s'occupe de tout. Dans les autres, il apporte son soutien pour améliorer les choses.
Dans les pays proches des zones de guerre, **le HCR construit des camps** pour accueillir en urgence les personnes qui fuient. Avec d'autres organisations, il s'assure qu'elles ont un endroit où dormir, des soins et des colis alimentaires. Il vérifie aussi qu'elles sont bien des réfugiés et leur donne alors des documents d'identité.

Les camps sont des solutions d'urgence mais les réfugiés ne peuvent pas y vivre normalement. Par conséquent, ils quittent les camps après quelque temps et reprennent leur exil vers des États dans lesquels ils pourront être protégés et s'installer durablement.

Lorsque les réfugiés arrivent dans ces pays d'accueil, de **nombreuses associations** les accompagnent pour déposer leur demande d'asile, trouver un hébergement ou apprendre la langue.

Les États créent aussi des administrations et désignent des juges en charge de leur assurer **une protection internationale**. Cela veut dire que les réfugiés ne peuvent plus être renvoyés chez eux et doivent pouvoir vivre le plus normalement possible dans le pays d'accueil. Pour cela, les États doivent leur délivrer une carte de séjour, un document leur permettant de voyager, un acte de naissance ou de mariage. Les réfugiés ont aussi le droit d'être rejoints par leur conjoint et leurs enfants pour vivre en famille.

« **Toi et ta famille pouvez participer à cet accueil associatif en donnant des vêtements, des jouets ou du temps !** »

Est-ce qu'on doit accueillir tous les migrants ?

En réalité, la question ne se pose pas vraiment ! D'abord, les migrants ne souhaitent pas tous atteindre le même pays. Ensuite, ils ne viennent pas tous pour les mêmes raisons. En plus, certains souhaitent rentrer chez eux dès qu'ils en auront la possibilité.

Il n'existe aucune obligation générale d'accueillir tous les migrants. Cependant, la convention de Genève impose quand même de **protéger certains migrants : les réfugiés.** Rappelle-toi le principe de non-refoulement (p. 145) et le droit d'asile (p. 144), ou encore le droit des enfants (p. 142-143).

Il arrive que les États s'engagent à accueillir des migrants au nom de **la solidarité internationale** : c'est-à-dire pour répartir les gens entre différents pays. Les États ont tout intérêt à être solidaires, car ce partage des responsabilités permet d'éviter les conflits et les violences.

Le sais-tu ?

Gérard Dubois est maire d'un petit village d'Auvergne. Il n'était pas obligé d'accueillir des migrants, mais il a choisi d'ouvrir un centre d'hébergement. L'arrivée de migrants a permis à l'école d'ouvrir une classe supplémentaire et aux petits commerces de rester ouverts. Des échanges d'une grande richesse sont nés entre villageois et nouveaux arrivants.

Info +

Entre 2015 et 2017, les arrivées de demandeurs d'asile en Grèce et en Italie avaient beaucoup augmenté. Les États de l'Union européenne s'étaient engagés à en accueillir chacun une partie. Pourtant, ils n'ont pas respecté leur promesse, laissant à la Grèce et à l'Italie la difficulté de gérer la situation.

C'est quoi, une frontière internationale ?

As-tu déjà franchi une frontière au cours d'un voyage ? C'est **l'endroit où on passe d'un État à un autre État.** Parfois la frontière est très visible, parfois non. On peut la traverser à pied ou en voiture, en atterrissant dans un aéroport ou en arrivant en bateau dans un port. Les citoyens européens franchissent librement les frontières à l'intérieur de l'Europe, par exemple entre la France et l'Allemagne ou la Belgique. Ailleurs, pour entrer dans un autre pays, il faut montrer une pièce d'identité. Souvent, il faut aussi avoir un visa.

Parfois, on ne peut pas passer du tout parce que les États voisins ne s'entendent pas bien. Par exemple, la frontière entre la Corée du Nord et la Corée du Sud est fermée depuis la décennie 1950 !

Entre 2000 et 2016, le nombre de murs aux frontières est passé de 16 à 70.

Les pays n'ont pas toujours très envie d'accueillir des étrangers, même si ce sont des voisins. Alors parfois, les États cherchent à ériger des murs très hauts pour les dissuader d'entrer. Un long mur sépare les États-Unis du Mexique. Un autre existe à la frontière entre l'Inde et le Bangladesh. En Europe aussi, les murs poussent comme des champignons. Il y en a en Espagne, en Bulgarie, en Autriche. La Hongrie en construit tout autour d'elle. Il y a même une nouvelle clôture anti-migrants à Calais, entre la France et l'Angleterre. Mais tu as sûrement compris que **les réfugiés n'ont pas le choix, ils doivent se sauver.** Toutes les barrières du monde n'empêcheront pas les gens de fuir ! Ils vont juste dépenser plus d'argent pour trouver une autre route, encore plus dangereuse pour eux.

C'est quoi, une république ?

Une république est un pays où il n'y a pas de rois. En France, il y a longtemps et durant plusieurs siècles, des rois ont dirigé le pays. Quand le roi mourait, son fils prenait sa place. Mais, sous la Révolution française, en 1789, nos arrière-arrière-arrière-grands-parents ont décidé que c'était mieux de pouvoir choisir les personnes qui décident, et d'en changer régulièrement ! Même si l'idée a mis ensuite presque un siècle avant d'être réalisée, la France est aujourd'hui dirigée par un président de la République et on peut en élire un nouveau tous les 5 ans. Fini les rois à vie !

Et à l'étranger ?

Beaucoup de pays sont des républiques comme la France : par exemple, les États-Unis, la Russie ou l'Italie. Mais, dans d'autres pays, les chefs d'État peuvent être des rois ou des reines, comme la reine d'Angleterre ou les rois d'Espagne ou du Maroc. On appelle ces pays des **« monarchies »**. Généralement, le roi ou la reine n'a plus beaucoup de pouvoir, et c'est une autre personne, comme un Premier ministre, qui est élue pour diriger le pays.

Le sais-tu ?

Depuis que la France est une république, il y a eu plus de vingt présidents, comme Charles de Gaulle, François Mitterrand, Jacques Chirac, François Hollande ou Emmanuel Macron. Mais le premier président de la République a été Louis-Napoléon Bonaparte, en 1848. Il a tellement aimé ça qu'il a décidé de devenir empereur et de rester au pouvoir pendant vingt-deux ans ! Depuis 1875, heureusement, les présidents de la République acceptent de partir quand ils ne sont pas réélus...

Les femmes peuvent-elles devenir présidentes ?

Il y a eu, à l'étranger, des femmes présidentes : au Brésil, au Chili, en Islande, au Liberia, aux Philippines, bref, sur tous les continents ! Une femme peut aussi être chef du gouvernement, comme la chancelière Angela Merkel en Allemagne. En France, pour le moment, seuls des hommes ont été élus présidents, même si des femmes politiques ont été candidates. Cela changerait un peu, non ?

Qu'est-ce que c'est, une constitution ?

Une constitution, **c'est un texte de loi très important** car il contient les grandes règles de la vie en commun : un peu comme le règlement intérieur de ton école, mais à l'échelle du pays ! C'est là que sont proclamés les droits et les libertés, c'est là que sont définis les pouvoirs du président et du gouvernement, des députés et des sénateurs, mais aussi des juges. C'est la constitution qui dit si le pays est une république ou une monarchie, une dictature ou une démocratie. Bref, **c'est la loi des lois !**

La France est le pays qui a eu le plus de constitutions. Depuis la Révolution française de 1789, il y a eu **15 constitutions**. Notre constitution actuelle date de 1958, et elle a déjà été modifiée 24 fois. À titre de comparaison, les Anglais n'ont pas de constitution écrite : les pouvoirs de la reine, du Premier ministre et des juges reposent sur la tradition et les coutumes. Quant aux Américains, ils ont la même constitution depuis 1776 !

« La France est une République indivisible, laïque, démocratique et sociale. »

Article premier

Le sais-tu ?

Et la Déclaration des droits de l'homme et du citoyen, c'est quoi ?

Ce texte historique très important a été rédigé par les révolutionnaires français le 26 août 1789. Pour la première fois en France, des droits et des libertés étaient reconnus ! Le texte est si célèbre que, plus de deux siècles après, il est toujours dans la Constitution française.

C'est quoi, la liberté ?

La liberté, **c'est le droit de pouvoir choisir !** Choisir comment vivre, comment s'habiller, choisir ses amis, écouter la musique que l'on aime, dire ce que l'on pense... Bref, la liberté, c'est pouvoir faire ce que l'on veut ! Mais attention, ce n'est pas le droit de faire n'importe quoi. Comme le dit très bien la Déclaration des droits de l'homme et du citoyen de 1789 : « La liberté consiste à pouvoir faire tout ce qui ne nuit pas à autrui. » Cela veut dire que tu as le droit de faire ce que tu veux, à la seule condition de **ne pas gêner les autres** et de respecter la loi.

La liberté est un principe général qui recouvre plusieurs domaines : la liberté de pensée, la liberté religieuse, la liberté d'expression, et la liberté de se déplacer.

Dans certains pays, **les gens sont parfois privés de liberté :** ils n'ont pas le droit de lire certains livres, d'écouter de la musique ou de parler de n'importe quel sujet. Par exemple, les habitants de Corée du Nord n'ont pas le droit d'utiliser Internet. En Arabie saoudite, les femmes n'ont eu le droit de conduire qu'en 2018, et elles doivent toujours se couvrir d'un voile et d'un long vêtement noirs pour sortir (on ne voit plus que leurs yeux !)... Dans d'autres pays, on peut être envoyé en prison pendant de longues années si on a critiqué le président. Un pays où il n'y a pas de liberté s'appelle une **« dictature »**.

La liberté d'expression, c'est le droit de dire n'importe quoi ?

La liberté d'expression permet **d'avoir des idées et de les exprimer.** Elle est considérée par la Déclaration des droits de l'homme et du citoyen de 1789 comme l'« un des droits les plus précieux ». Sans liberté d'expression, pas de possibilité de s'informer, de discuter, ou même de se disputer ! En France, la liberté d'expression est un droit très important. Mais la liberté d'expression, **ce n'est pas le droit de dire n'importe quoi !** Tu ne peux pas utiliser cette liberté pour insulter quelqu'un, pour tenir des propos racistes, ou encore pour inciter les autres à faire des bêtises. Il y a des limites à la liberté d'expression, et elles sont fixées par la loi.

Le sais-tu ?

En janvier 2015, après les attentats contre *Charlie Hebdo* à Paris, au cours desquels des terroristes ont tué des journalistes et des dessinateurs qui exprimaient librement leurs idées, des millions de gens sont descendus dans les rues pour protester. Cela faisait une foule immense pour défendre la liberté d'expression...

Alors, qui décide ?

Ce sont les juges qui évaluent si les personnes vont trop loin et abusent de leur liberté d'expression. Par exemple, un homme politique qui tiendrait des propos racistes, tout comme un rappeur qui chanterait une chanson sexiste (c'est-à-dire insultant les femmes), pourrait être condamné à payer une amende.

Les juges doivent parfois rendre des décisions difficiles. Ainsi, en France, on a le droit de se moquer d'une religion, mais on n'a pas le droit de se moquer des personnes qui croient en cette religion. C'est parfois un peu compliqué de faire la différence, mais c'est très important !

C'est quoi, l'égalité ?

L'égalité, **c'est avoir tous les mêmes droits.** L'égalité est un principe très important. Avant la Révolution française de 1789, la société était divisée en trois groupes de personnes (on appelait cela les « trois ordres »), qui avaient des droits différents. La noblesse faisait la guerre ; le clergé (c'est-à-dire les prêtres) priait ; et le peuple travaillait et payait des impôts pour entretenir les nobles et les prêtres. Ce système injuste a été supprimé lors de la Révolution, dans la nuit du 4 août 1789. C'était **l'abolition des privilèges** ! Tout le monde avait désormais les mêmes droits, mais aussi les mêmes obligations.

Info +

L'égalité est très bien exprimée par l'article 6 de la Déclaration des droits de l'homme et du citoyen de 1789 : « La loi doit être la même pour tous, soit qu'elle protège, soit qu'elle punisse. »

Le sais-tu ?

L'égalité est, avec la liberté, un principe si important que les déclarations des droits de l'homme la proclament chacune dans leur premier article ! La Déclaration de 1789 commence par : « Les hommes naissent et demeurent libres et égaux en droits. » Puis, 150 ans plus tard, en 1948, la Déclaration universelle des droits de l'homme affirme que « Tous les êtres humains naissent libres et égaux en dignité et en droits. »

Mais être égaux, c'est être pareil ?

Nous sommes tous différents : certains sont grands, d'autres petits ; certains sont en bonne santé, d'autres malades ; il y a des filles et des garçons. **Tout nous différencie** les uns des autres : la couleur de notre peau ou de nos yeux, la forme de notre visage, nos origines... Bref, personne n'est la copie d'un autre, à part les vrais jumeaux, qui sont génétiquement identiques. Mais nous avons tous un point commun très important : nous sommes tous des êtres humains. **Tous différents, mais tous égaux !**

C'est quoi, le racisme ?

Le racisme, c'est le fait de **rejeter une personne en se basant sur la couleur de sa peau ou sur ses origines familiales.** Le racisme vient de la peur de la différence : les personnes racistes sont persuadées que certains groupes d'êtres humains sont inférieurs à d'autres. Elles pensent en faisant des raccourcis et des généralités. Elles disent par exemple que « tous les Noirs sont comme ci... », « tous les Arabes comme ça... », « tous les juifs et les Roms comme ci », sans chercher à connaître les personnes...

Mais le racisme n'est pas une opinion comme les autres, parce que très souvent, **il conduit à l'insulte ou à la violence :** on s'attaque à des personnes à cause de leur couleur de peau, à cause de leur religion, ou à cause de leur nationalité. Le racisme blesse aussi moralement : si l'on te refuse quelque chose en raison de ta couleur de peau ou de ta religion, tu éprouveras de la peine ou de la colère. Et tu auras raison : il s'agit d'une discrimination (voir p. 91), ce qui est **injuste et illégal** ! En effet, la discrimination est interdite en France, car elle est contraire à l'égalité et à la fraternité. Mais les discriminations sont encore nombreuses, et il est difficile de faire appliquer la loi, car les victimes de discriminations ont du mal à en parler. C'est à nous tous de faire changer les choses ; c'est aussi cela, la fraternité !

Il existe plusieurs mots pour désigner le racisme.

• La ségrégation, c'est quand des personnes n'ont pas les mêmes droits à cause de leur couleur de peau.

• La discrimination raciale ou ethnique, c'est traiter différemment des personnes à cause de leur couleur de peau.

• La xénophobie, c'est la haine de l'étranger ; l'antisémitisme, c'est la haine des juifs ; l'islamophobie, c'est la haine des musulmans.

Le sais-tu ?

Connais-tu Anténor Firmin ?

Cet homme noir est né dans une famille pauvre à Haïti, au milieu du 19e siècle. À cette époque, en Europe, beaucoup de gens étaient racistes et pensaient que les Noirs étaient inférieurs aux Blancs. On créait même des zoos humains, avec des personnes noires à la place des animaux ! En 1885, Anténor Firmin a écrit un livre très important expliquant que tous les hommes avaient les mêmes droits, sans distinction de couleur de peau. Il est devenu ministre de son pays, Haïti.

Pour se faire soigner, on est égaux ?

Certaines personnes ont des problèmes de santé, parfois graves, alors que d'autres ont une santé de fer et vivent très vieux… On ne peut rien faire face à cette injustice, mais **on doit faire en sorte que tout le monde puisse être soigné.**

Les médecins doivent soigner tous les malades, riches ou pauvres, noirs ou blancs, d'une religion ou d'une autre. C'est d'ailleurs la promesse à laquelle ils s'engagent lorsqu'ils deviennent médecins : c'est le « serment d'Hippocrate », du nom d'un médecin grec de l'Antiquité. Le problème, c'est que, quelquefois, les médicaments coûtent très cher. Pour permettre à tout le monde d'être soigné le mieux possible, **on a créé en France en 1945 la Sécurité sociale.** Ce système organisé par l'État rembourse à chaque habitant une partie de ses frais d'hôpitaux, de médecins et de médicaments.

Le sais-tu ?

Et à l'étranger ?

Tous les pays n'ont pas de Sécurité sociale. Seules les personnes riches peuvent alors se faire soigner : les pauvres n'ont pas les moyens de tout payer ! Cela arrive même dans les pays très riches, comme aux États-Unis, où il n'y a pas de Sécurité sociale ! Et l'ONU, une organisation internationale qui rassemble tous les pays du monde, réfléchit à une Sécurité sociale universelle pour l'ensemble des habitants de la planète…

Mais d'où vient l'argent ?

La Sécurité sociale est financée **grâce au travail des gens :** tous les mois, les salariés et les entreprises versent une petite somme d'argent à la Sécurité sociale. Parfois, les gens ne sont pas contents de donner cette somme. Pourtant, la Sécurité sociale s'en sert pour rembourser les malades qui doivent payer les médecins et les pharmaciens. C'est donc une vraie chance qu'ont les Français.

Et l'égalité entre les filles et les garçons ?

Bien sûr, les filles et les garçons ne sont pas pareils, parce que leur corps est différent. Mais **même différents, ils ont les mêmes droits :** le droit de faire du sport, de faire le métier de leurs rêves, le droit de se marier ou pas, le droit d'avoir des enfants ou pas.

L'égalité entre les filles et les garçons est quelque chose de récent en France. Jusque dans les années 1960, les écoles n'étaient pas mixtes, ce qui signifie que les filles et les garçons n'allaient pas à la même école. À la fin du 19e siècle, les filles n'avaient même pas le droit d'aller à l'université ou de faire certains métiers, comme juge, médecin ou policier… Les choses ont beaucoup changé. Mais on continue à entendre des phrases dépassées sur ce que peuvent ou ne peuvent pas faire les filles et les garçons, par exemple : « Les filles, ça ne sait pas jouer au ballon ! » ou « Un garçon, ça ne pleure pas ! »

Quelle est la situation à l'étranger ?

Malheureusement, il y a encore beaucoup de pays dans le monde où les petites filles ne peuvent même pas aller à l'école pour apprendre à lire et à écrire... Et, une fois devenues adultes, les femmes n'ont pas toujours les mêmes droits que les hommes.

Le sais-tu ?

Malala Yousafzai est une jeune femme pakistanaise, née en 1997, qui veut que les filles aient les mêmes droits que les garçons. Dans son pays, elle a été très gravement blessée à l'âge de 15 ans par des fanatiques religieux voulant interdire aux filles d'aller à l'école et d'avoir les mêmes droits que les garçons. Mais Malala a réussi à leur échapper, et elle continue aujourd'hui courageusement à défendre l'égalité ! Elle a même reçu le Prix Nobel de la paix en 2014 pour son action.

CHAPITRE 6

CITOYEN DE LA PLANÈTE

Qui décide de l'avenir de la planète ?

C'est une très bonne question.
Il existe, au sein des gouvernements et entre les pays, des rassemblements de personnes, politiques mais aussi scientifiques, qui se basent sur des données chiffrées et décident de ce qui doit être fait pour améliorer le sort de la planète. En décembre 2015, la France a accueilli la **21e conférence sur le climat (COP21)** qui a réuni plus de 195 États à Paris. L'objectif ? Limiter le réchauffement planétaire à 2 °C d'ici 2100 ! Pour cela, les pays présents ont défini plusieurs actions à mener. La principale consiste à remplacer peu à peu l'utilisation des énergies trop polluantes, comme le pétrole et le charbon, par des énergies renouvelables, l'**éolien** et le **solaire**. Fin 2017, deux ans après l'entrée en vigueur de l'accord de Paris, le président français Emmanuel Macron a réuni un nouveau sommet sur la lutte contre le réchauffement climatique.
Si ces grands rassemblements sont importants, c'est aussi à nous de nous emparer de ces sujets. Le changement ne peut pas venir que d'en haut ; ce sont les **citoyens** qui, de par leur nombre, ont les clés pour renverser la tendance.

* Merci de ne pas me laisser une planète trop pourrie ...

Un consomm'acteur est un consommateur responsable et engagé qui se préoccupe, pour chacun de ses actes, de son impact environnemental, social et économique, les trois composantes de la démarche de développement durable.

Et l'avis des jeunes ?

En amont de la COP21, la Conférence internationale des jeunes pour le climat (COY11) a réuni dans sept autres grandes villes plus de 5 000 individus de 15 à 25 ans, venus du monde entier pour proposer leurs solutions. En effet, c'est cette nouvelle génération qui sera la plus impactée par le changement climatique, et les jeunes ont toujours d'excellentes idées !

Et moi, qu'est-ce que je peux faire ?

Si tu te poses la question, bravo ! Prendre conscience donne envie d'avancer, **chaque geste compte** et il n'est jamais trop tard. Pour commencer, agis sur ce qui dépend de toi. Ta consommation par exemple ! Jouets, habits, fournitures scolaires, nourriture… et eau ! Tout ce dont tu as besoin pour vivre peut être optimisé. Chronomètre-toi sous la douche et pense que chaque goutte d'eau économisée l'est aussi pour la planète ! Utilise des savons tout simples, en plus ils sont meilleurs pour la peau. À table, teste les nouvelles saveurs sans rechigner et ne te sers pas trop ! Mieux vaut reprendre que jeter. Et tu verras, **tout est lié** !

« Tu verras, à partir d'un certain âge, la trousse « chatons » ou « dinosaures » est plus difficile à assumer ! »

Maintenant que tu connais la valeur environnementale des choses, sois plus mesuré dans tes désirs et plus ciblé ! Choisir de recevoir « un bon pour une activité » peut être plus fun qu'un énième jouet qui ne servira pas. Pour tes achats, pense aux vide-greniers qui regorgent de jeux extras qui ne demandent qu'à resservir ! Pour tes vêtements, pas besoin d'avoir le dernier pull à la mode pour être un superhéros de l'environnement, au contraire ! Pour l'école, préfère des fournitures neutres, elles pourront durer plusieurs années ! Pense aussi à bouger... Tout ce qui peut se faire à pied, en skate, rollers ou à vélo, c'est de la « santé en barre » dont il ne faut pas te priver. Et réfléchis à ton alimentation : oui, un burger c'est bon ! Mais sais-tu qu'il existe aussi en bio ? Avec des frites de panais, betteraves et patates douces... N'hésite pas à être attentif à toutes ces possibilités et bonne route dans ces nouvelles aventures avec ta famille et tes amis, pour votre plus grand plaisir.

Pourquoi c'est bon pour l'environnement d'adopter des lombrics ?

As-tu déjà remarqué qu'un trognon de pomme jeté dans la forêt finissait par disparaître ? En effet, parmi les déchets ménagers, un tiers est **biodégradable**. Cela signifie qu'ils se dégradent naturellement. Cela concerne les épluchures des fruits et légumes, mais aussi les restes de repas, les coquilles d'œufs, les sachets de thé, le marc de café, ou encore les mouchoirs en papier, les journaux... en résumé, tout ce qui vient de la nature (eh oui, mouchoirs, papiers et cartons sont fabriqués grâce aux arbres !). Il est donc dommage de mélanger ces déchets aux autres, non biodégradables ou non recyclables, et de les envoyer se faire incinérer. En isolant ces déchets et en mélangeant matières humides (épluchures, par exemple) et matières sèches (feuilles mortes) dans un coin de jardin, une décomposition harmonieuse appelée **compostage** va s'opérer. C'est là que les lombrics, c'est-à-dire les vers de terre, et les autres petits habitants de la terre (bactéries, champignons, cloportes, limaces...) interviennent pour transformer les déchets en **compost**, un terreau riche et utile au jardin.

Le sais-tu ?

Tu peux composter même en appartement ! Pour cela, il te faut un lombricomposteur, une boîte à plusieurs étages dans laquelle tu vas mettre des lombrics (achetés ou récupérés dans un composteur de jardin). Une fois installés, donne-leur tes déchets à manger. Ils vont dévorer la moitié de leur poids par jour : avec 1 000 vers, tu peux traiter 250 g d'épluchures de fruits ou de légumes. Au bout de 3 à 4 mois, tu obtiendras du compost pour tes plantes d'intérieur.

Le poids de l'ensemble des vers de terre de la planète est supérieur à celui de tous les autres animaux du monde réunis !

Où va l'eau sale que nous avons utilisée ?

L'eau utilisée dans nos habitations pour la vaisselle, les toilettes ou la douche se retrouve dans les égouts, direction la **station d'épuration** pour être dépolluée.
Le but de ce traitement est de nettoyer suffisamment les eaux sales pour que leur rejet dans les cours d'eau ou dans la mer ne dégrade pas ces milieux naturels, faune et flore incluses.
La station d'épuration est donc une véritable « machine à laver l'eau ». Lorsqu'elle en sort, l'eau est épurée à 90 % mais elle n'est pas encore potable. Rejetée à la rivière, elle achèvera son nettoyage grâce au processus d'épuration naturelle.

Une famille de quatre personnes utilise en moyenne 120 m³ d'eau par an (l'équivalent de 120 000 bouteilles d'1 litre).

Ce dernier se réalise au fil du **cycle de l'eau**. La chaleur du soleil provoque tout d'abord l'évaporation d'une partie des mers et des océans. Des nuages se constituent. L'eau qu'ils contiennent retombe ensuite sous forme de pluie, ou de neige au contact de l'air froid. L'eau peut aussi, selon la nature du sol, s'infiltrer et former des nappes souterraines, ou ruisseler, produisant alors torrents et rivières qui vont se jeter dans la mer pour boucler le cycle.

La Terre n'est pas un cendrier !

Fumer n'est pas seulement mauvais pour la santé, mais aussi pour la qualité de l'eau. Un seul mégot de cigarette jeté à terre a de grandes conséquences : à la première pluie, il sera embarqué dans le caniveau. Concentré de substances toxiques, il libère alors son poison et peut polluer jusqu'à 500 litres d'eau (ce qui représente tout de même 2 à 3 grosses baignoires remplies).

Le bio, c'est meilleur ?

L'agriculture biologique, c'est une façon de cultiver la terre qui tente au maximum de respecter la nature. En bio, on utilise le moins possible de produits chimiques qui polluent, que ce soit pour enlever les herbes sauvages, tuer les insectes ravageurs des cultures ou enrichir son sol. On les remplace par des méthodes naturelles comme le **désherbage manuel**, les coccinelles contre les pucerons ou l'apport de compost comme engrais. Les animaux d'élevage vivent dans de bonnes conditions. Les poules ne sont pas en cage ni sous des hangars mais elles gambadent, et les vaches broutent dans les pâturages. Pour l'environnement, privilégier un mode de culture qui limite l'utilisation de pesticides est forcément mieux, car moins de pesticides, c'est aussi plus de **biodiversité**. Préserver la santé des sols permet une vie souterraine qui va profiter à toute la chaîne alimentaire, et comme tout est lié… le bio sera toujours meilleur pour la planète ! Pour l'homme, c'est pareil : plus nous mangeons sain et moins nous ingérons de produits chimiques, mieux nous nous portons.

Et question goût, est-ce que cela change quelque chose de manger bio ?

Oui et non. Si on ne prend que des produits de base et qu'on ne change pas son alimentation, on ne verra pas forcément de différence. Mais la cuisine bio enrichit notre univers avec des produits méconnus (tofu, laits végétaux, céréales complètes...) souvent plus nourrissants et riches en vitamines.

Aujourd'hui, le bio se démocratise, on en trouve dans tous les supermarchés. Cependant, manger bio peut coûter un peu plus cher si on ne modifie pas ses habitudes. Il faut préférer les aliments de base aux plats cuisinés et, pour s'approvisionner, penser produits en vrac, rayon bio du supermarché, petits producteurs, AMAP, etc.

Info +

C'est quoi une AMAP ? Une Association pour le Maintien d'une Agriculture Paysanne est un contrat qui lie un agriculteur le plus souvent bio et/ou local à des adhérents qui s'engagent à acheter sa production tout au long de l'année sous la forme de paniers hebdomadaires.

Faut-il arrêter de manger de la viande ?

Le fait de manger de la viande nécessite d'élever du bétail. Or, de nombreux problèmes sont liés à cet élevage : pollution engendrée par les pets de vaches, consommation importante d'eau pour les cultures servant à nourrir les bêtes, mais aussi conditions de vie parfois difficiles des animaux. Sans oublier les **scandales alimentaires** liés à la viande qui font régulièrement la une des journaux, telle la viande de cheval trouvée dans des lasagnes de bœuf... Ainsi manger de la viande est controversé. D'ailleurs de plus en plus de gens se convertissent au **végétarisme** (régime sans viande ni poisson) ou au **végétalisme** (plus aucun produit animal). Supprimer totalement la viande a toutefois des conséquences qu'il faut pouvoir maîtriser. Elle apporte des **protéines** qui nous sont nécessaires. Si l'on cesse d'en consommer, il faut savoir compenser en mangeant d'autres aliments riches en protéines, par exemple les **légumineuses**.
Il n'est pas obligatoire d'arrêter totalement de manger de la viande, mais limiter sa consommation ne peut que faire du bien à la planète et à sa santé.

Il faut 5 000 m² de terre cultivable pour produire 70 kg de bœuf ou 10 000 kg de pommes de terre.

« L'homme est omnivore et doit manger équilibré sous peine de voir sa santé s'altérer. »

Info +

Le **label Bleu Blanc Cœur** est un label de qualité que l'on retrouve sur certaines viandes. Il assure la connaissance de leur origine ainsi que des dispositions pour la santé des animaux concernés (alimentation variée et équilibrée, riche en oméga 3) et le respect de l'environnement.

À quoi ressembleront les villes de demain ?

D'ici trente ans, près des deux tiers des habitants de notre planète seront citadins. Futuriste, écolo, connectée ou polluée... Comment sera la ville en 2050 ?
Nous allons avoir besoin de créativité et d'imagination ! En 2050, nos villes seront **plus peuplées** et **plus chaudes**. Il faudra trouver des solutions pour les rendre vivables.
Depuis quelques années, certaines villes développent des « **écoquartiers** » : on y consomme peu d'énergie, on y fait pousser fruits et légumes bio, les transports y sont non polluants... Bientôt, des cités entières seront écolos !

Des projets fleurissent partout dans le monde. Songdo, en Corée du Sud, a réservé près de la moitié de sa surface aux jardins. Vancouver, la canadienne, veut devenir la ville la plus verte au monde, en utilisant uniquement de l'énergie renouvelable. Tu peux t'amuser à imaginer, comme certains architectes, les **bâtiments du futur** ! Certains ont par exemple le projet de recouvrir la tour Montparnasse (à Paris) d'algues vertes, capables de se nourrir de déchets pour produire de l'énergie. Si tu te rends à New York en 2050, tu auras peut-être la chance de visiter Dragonfly, une tour écolo en forme d'ailes de libellule, qui abritera logements, bureaux, piscine et jardins verticaux. Car la nature prendra davantage de place en ville. Des **fermes urbaines** permettront de donner de la fraîcheur aux citadins, mais aussi de leur fournir fruits et légumes nécessaires à leur alimentation.

Et au rayon techno ?

La façade de ta maison sera peut-être équipée de capteurs de pollution, ou transformée en mur végétal capable d'absorber la chaleur et de diffuser de la fraîcheur. Nos villes seront donc écolos… et **intelligentes**. Certains imaginent déjà des trottoirs équipés de capteurs transformant l'énergie des marcheurs en électricité. Les idées fleurissent mais il reste beaucoup à créer. L'**imagination des architectes** en herbe est la bienvenue !

Le sais-tu ?

Aujourd'hui, Tokyo est la mégapole la plus peuplée du monde avec 38 millions d'habitants. En 2050, Bombay devrait prendre la première place, avec 42 millions d'êtres humains. Elle sera suivie d'une autre ville indienne : Delhi, 36 millions. Dans la seconde moitié du 21e siècle, des villes africaines prendront la tête de ce méga-classement.

Ma voiture sera-t-elle ta voiture ?

Et si nous apprenions à consommer autrement ? Pour notre bien-être, mais aussi celui de la planète. Regarde autour de toi. Il y a certainement des objets que tu n'utilises jamais et dont tu pourrais te passer. Pour préserver les ressources de la Terre, il faut en effet apprendre dès maintenant à **consommer autrement**.
Une des solutions ? **Le partage**.
En 2050, il est probable que tu ne possèdes pas ta propre voiture. Elle sera sans doute la propriété de plusieurs familles, d'une communauté... Les automobilistes feront des économies et la planète s'en portera bien mieux ! Car il faut évidemment utiliser moins de ressources, moins de matières premières (plastiques, métaux, etc.), pour fabriquer une voiture plutôt que deux ou trois !
Apprendre à consommer de manière plus responsable, **devenir un « éco-consommateur »**, est l'un des grands défis que nous devons tous relever.
Pourrais-tu dire, par exemple, d'où viennent les aliments que tu as mangés aujourd'hui ? Et les jeux qui sont dans ta chambre, sais-tu qui les a fabriqués et dans quelles conditions ? Dans les années à venir, tu deviendras un consommateur éclairé et tu devras pouvoir répondre à toutes ces questions.
Aujourd'hui, il existe déjà **le commerce équitable** : il s'agit d'une répartition plus juste entre ceux qui produisent certains biens et ceux qui les consomment. On doit parfois payer un peu plus cher les fruits aux producteurs des pays pauvres pour qu'ils puissent vivre et cultiver dans de bonnes conditions. Une autre forme de partage !

Info +

Dans vingt ans, tu fabriqueras peut-être toi-même les cadeaux de Noël de tes enfants ou petits-cousins… grâce à une imprimante 3D, qui permet de créer des objets à la demande, depuis son salon. Très pratique ! Et si ces imprimantes du futur nous aidaient aussi à devenir des éco-consommateurs ? L'une de leurs principales utilisations consistera certainement en la fabrication de pièces détachées. Parfait pour donner une seconde vie aux objets abîmés et éviter ainsi le gaspillage.

Combien serons-nous en 2050 ?

Aujourd'hui, la Terre compte environ 7,5 milliards d'habitants. Sa population a augmenté très vite ces dernières décennies. En 1950, la planète ne comptait que 2,5 milliards d'habitants. Le nombre de Terriens a donc presque triplé depuis l'époque où tes grands-parents avaient ton âge. Cela va-t-il continuer à ce rythme ? Sera-t-on bientôt serré les uns contre les autres dans la rue, comme on l'est dans le bus ou le métro certains jours ? Une chose est sûre, la population mondiale va encore fortement augmenter, et nous serons près de **10 milliards en 2050**. Mais il ne naîtra pas autant de bébés chinois que d'enfants sénégalais ou français, car il existe de grands écarts de population entre les différentes zones de la planète. En 2018, 6 humains sur 10 (4,5 milliards d'individus) vivent en Asie, et 1 sur 6 vit en Afrique (1,2 milliard). En Afrique, **le taux de fécondité** (nombre d'enfants par femme) est très élevé, donc la population y augmente beaucoup plus vite qu'ailleurs. Dans les prochaines années, on pense que l'Afrique dépassera l'Asie en nombre d'habitants. En 2050, **1 humain sur 3 devrait vivre en Afrique.** Et parmi ces Africains, on trouvera une grande partie de la jeunesse mondiale ! En Europe, c'est tout l'inverse. Le taux de fécondité est très faible : 1,6 enfant par femme. Or, il faut plus de 2 enfants par femme pour qu'une population reste stable. Donc, tu l'as deviné, **le nombre d'Européens diminue** : de 745 millions en 2018, nous ne serons plus que 736 millions en 2050. Bien sûr, les chiffres sont différents d'un pays d'Europe à l'autre. En France, la fécondité se porte bien. Le nombre de Français passera de 65 millions en 2018 à 70 millions en 2050. Parmi ces nouveaux arrivants, peut-être y aura-t-il tes propres enfants !

C'est en Afrique que l'on trouve le pays au taux de fécondité le plus élevé au monde. Au Niger, les femmes ont 7,3 enfants en moyenne. À l'inverse, en Corée du Sud (Asie), le taux de fécondité est l'un des plus faibles : 1,2.

Le monde de demain sera-t-il en paix ?

Les guerres font souvent la une des journaux. Le monde de 2050 sera-t-il plus sûr, ou ressemblera-t-il à un nouvel épisode de *Star Wars* ? De nombreux conflits ont marqué, et marquent encore, l'histoire de notre planète. On a parfois l'impression que le monde se dérègle ! Pourtant, des êtres humains essayent de **trouver des solutions pour prévenir les guerres** et lutter pour un monde meilleur. De plus en plus de pays ont choisi de vivre en **démocratie**, ce qui peut être un rempart contre les conflits. Les pays peuvent également choisir de collaborer, de **s'unir pour un monde meilleur**. Connais-tu l'Organisation des Nations unies (ONU) ? C'est un organisme international qui œuvre pour la paix, le respect des droits de l'Homme et le progrès. L'ONU envoie parfois des soldats de la paix pour gérer les conflits, mais cela ne suffit pas toujours. Beaucoup reste à faire pour que notre monde soit vraiment en paix : le partage de la culture, des arts, des sciences, le respect des autres, d'où qu'ils viennent, sont des pistes que tu pourras explorer pour consolider notre monde fragile.

Malgré les mauvaises nouvelles qui nous arrivent tous les jours, selon les spécialistes, il y aurait deux fois moins de conflits aujourd'hui dans le monde qu'au début des années 1990. Une note d'espoir ?

Demain, les robots prendront-ils le pouvoir ?

La grande majorité des robots fait exactement ce qu'on lui demande de faire : peindre une voiture dans une usine, aider une personne à marcher ou explorer la planète Mars. Mais certains robots sont programmés par leurs fabricants avec une **intelligence artificielle (I.A.)**, c'est-à-dire une intelligence qui, comme la tienne, apprend toute seule de ses expériences et est capable de trouver des solutions à de nouveaux problèmes. Et si demain ces robots devenaient super-intelligents et se mettaient à nous attaquer ? Même si quelques scientifiques respectés s'inquiètent pour l'homme du futur, les spécialistes préfèrent parler de scénario de **science-fiction**.

Rendre un robot intelligent est un processus très compliqué, qu'on est loin de maîtriser. De plus, l'intelligence artificielle ne prend pas en compte les sentiments. Or, pour attaquer, le robot devrait **ressentir** de l'agressivité ou de la jalousie : des émotions humaines. Dans le futur, l'I.A. sera un **complément** utile de l'intelligence humaine. Elle résoudra pour nous aussi bien des problèmes du quotidien (gestion de nos rendez-vous, tri de nos photos, réponse à nos e-mails, menus de la semaine...), que des problèmes scientifiques complexes.

Info +

Des robots... sur la route ! La voiture autonome, qui va toute seule à l'adresse qu'on lui donne, est déjà testée aux États-Unis. Elle a parcouru des millions de kilomètres.

Le sais-tu ?

En 2016, pour la première fois, un robot a battu le champion du monde de go, un jeu compliqué venu de Chine. En 2017, le robot vainqueur a joué contre un autre robot : le nouveau robot a gagné car il était plus « intelligent ». Le premier robot avait étudié pendant plusieurs mois les parties de très bons joueurs de go. Le second a joué contre lui-même pendant 3 jours : cela a suffi pour qu'il apprenne tout seul à devenir le meilleur joueur du monde. Mais cette « intelligence » reste inspirée par les actions humaines ; programmée par l'homme, elle n'est pas autonome.

« La technologie nous dépasse presque toujours, mais elle nous aide aussi. Si l'humanité doit disparaître, je pense que cela sera pour d'autres raisons que l'intelligence artificielle. »

Michel Serre, philosophe et spécialiste des sciences

INDEX

A

Alimentation, 11, 30, 32, 64, 173, 179, 181, 183
Argent, 40, 89, 108, 127, 132, 134, 136, 151, 165

C

Chromosome, 8, 9, 15
Cliché, 41, 42-43
Consommateur, 171, 184-185
Constitution, 154-155

D

Discrimination, 90-91, 162-163
Droitier, 12-13, 14, 16-17, 56

E

Écriture, 46, 52, 56, 77
Éducation, 20, 31, 48-49, 50, 53, 55, 60, 88, 93
Égalité, 54, 130, 160-161, 162, 166-167
Environnement, 171, 173, 174, 178, 181

F

Facebook, 100, 104-105, 110-111, 112-113, 114, 118, 120-121, 122-123, 124
Fille, 6-7, 8-9, 15, 24, 41, 42-43, 48, 90, 140, 142, 161, 166-167

G

Garçon, 6-7, 8-9, 15, 24, 37, 40-41, 42-43, 48, 109, 161, 166-167
Gaucher, 12-13, 14-15, 16-17
Gène, 6, 8, 10-11, 14-15

H

Handicap, 24, 52, 54-55

I

Inégalité, 48, 133, 134
Injustice, 90, 164
Instagram, 104-105, 106, 120-121, 124
Intelligence, 26-27, 46-47, 60, 188-189
Internet, 62, 66, 100-101, 102, 107, 109, 111, 112, 114, 157

J

Justice, 18, 77, 80-81, 130

L

Liberté, 22-23, 111, 114, 130, 154-155, 156-157, 158-159, 161
Loi, 19, 20, 23, 35, 36, 45, 48-49, 54, 59, 76-77, 78, 80-81, 82-83, 85, 86, 88, 100, 106, 111, 114, 130-137, 131, 154, 156, 158, 160, 162

M

Métier, 41, 68-69, 70-71, 72-73, 137, 166
Migrant, 138, 140, 142, 144, 148-149, 151
Migration, 138-139
Mineur, 80, 106, 114, 142-143
Morale, 83, 13

N

Nationalité, 84, 141, 144, 162
Note, 40, 45, 46-47, 54, 58-59, 67

P

Pays, 32-33, 34-35, 45, 49, 60, 76-77, 79, 81, 84-85, 86, 88, 90, 92, 131, 132-133, 135, 138-139, 140, 142-143, 144-145, 146-147, 148, 150-151, 152, 154, 157, 163, 164, 167, 170, 184, 186-187
Pédagogie, 46-47
Politesse, 28, 76, 131
Protection, 31, 93, 141, 144-145, 147

R

Racisme, 90, 114, 162-163
Réfugié, 140-141, 144-145, 146-147, 148, 151
Règle, 26, 27, 28, 36, 50, 52, 54, 64, 69, 76-77, 78-79, 81, 82-83, 110, 112, 130-131, 154
Religion, 34-35, 63, 64, 96-97, 141, 159, 162, 164
République, 84, 86, 152, 154

S

Snapchat, 105, 106, 125
Sport, 13, 42-43, 93, 99, 166

T

Testostérone, 7, 15

V/Y

Vote, 78-79, 85, 86-87, 93
YouTube, 104-105, 121, 126-127

Textes : Karine Balzeau, Sylvie Baussier, Jean-Michel Billioud, Christian Camara, Marianne Doubrère, Jean-Christophe Fournier, Claudine Gaston, Bruno Goldman, Aurélie Guerri, Marie J. Guillet, Émilie Lenain, Géraldine Maincent, Jacques-Olivier Pô, Diane Roman et Bérangère Taxil
Illustrations : Aurélien Cantou, Clémence Lallemand et Halfbob
Direction : Guillaume Pô
Direction éditoriale : Sarah Malherbe
Édition : Caroline Guineton
Graphisme : Julien Di Giorgio
Mise en pages : Studio Blick
Direction de fabrication : Thierry Dubus
Fabrication : Sonia Roméo

57, rue Gaston-Tessier, CS 50061, 75166 Paris Cedex 19
www.fleuruseditions.com

Loi n°49-956 du 16 juillet 1949 sur les publications destinées à la jeunesse, modifiée par la loi n°2011-525 du 17 mai 2011

Dépôt légal : septembre 2021

Achevé d'imprimer en août 2021 par Edelvives en Espagne
ISBN : 9782215159001
Code MDS : FS59001
N° d'édition : J20212

Cet ouvrage est imprimé sur du papier PEFC™ grâce à des encres à base d'huile végétale, garantissant la démarche de développement durable de l'éditeur et de l'imprimeur.

PEFC
PEFC/14-38-00260
Certifié PEFC
Ce produit est issu de forêts gérées durablement et de sources contrôlées
www.pefc-france.org